MT. FUJI 富士山

平野啓一郎

KEIICHIRO HIRANO

新潮社

富士山　5
息吹　43
鏡と自画像　109
手先が器用　145
ストレス・リレー　153

富士山

富士山

二〇二〇年六月初旬のことだった。

前月末にようやく最初の緊急事態宣言が明け、井上《いのうえ》加奈《かな》と津山《つやま》健二《けんじ》は、東京駅の八重洲口で二ヶ月半ぶりに再会した。浜名湖に旅行に出ようとしているのだった。

午前九時の待ち合わせで、時間通りに行くと、もう津山は待っていた。

晴天で少し蒸し暑く、津山は半袖のチェックのシャツにジーパンという格好だった。加奈は、ゆったりとした生成り色のシャツにグレーのパンツを穿いている。

一泊だけの予定で、二人とも旅行カバンは小さかった。

休暇を取っての平日の旅行だったので、東京駅は閑散としていた。勿論、コロナのせいでもあった。

画面越しではない久しぶりの対面で、お互いの言葉が何となく露わな感じがした。

チケットは津山が予約していたが、ひかり号はすべてE席が埋まっていたので、二十八分余計に時間が掛かるこだま号を予約したと言った。

加奈には最初、その意味がわからなかったが、下りの東海道新幹線の座席は、大体、進行方向に向かって、右手窓側のE席から埋まるのだという。富士山が見えるからだった。

彼女は、その説明を聞いて、ぽかんとなった。仕事で関西出張も少なからずあったが、彼女にとって、東海道新幹線は、単なる移動の手段でしかなく、大抵は眩しく、日焼けをしたくないので、カーテンを下ろしてしまう。外の景色を熱心に見たのも、冬に、関ケ原の辺りで酷く雪が積もっていた時くらいだった。

そんなことに、もうじき四十歳になろうかという自分が、今まで一度も気がつかなかったことに、まず呆れた。そして、自分の忙し過ぎる生活を思った。出世して給料が上がり、生活にはゆとりがあるが、ずっと結婚したいと思っているのに未婚で、何となく、いつも疲れている。それが、彼女がサマライズする自身の生活の現状だった。

それにしても、わざわざ富士山のために、遅いこだまに乗るべきなのだろうか。彼女は、富士山に何の関心もなく、車窓から一瞬見えたといって喜ぶのも幼稚な感じがしたが、それよりも、津山のそうした拘り方に、今まで気がつかなかった、彼の中の面倒なところを垣間見た気がした。

とは言え、切符を手配してくれた彼への気兼ねもあり、その場では、ただ礼を言っただけだった。二人で一緒に時間を過ごすための旅行であり、急ぐわけでもない。精算は、ホテル代を含めて、あとで改めてするつもりだった。

加奈は、この時、津山のことを少し変わっていると感じたが、あれから二年が経って、もう彼と会うこともない彼女は、〝普通の人〟の感覚により近かったのは、津山の方なのだと思っている。現に、座席はE席から埋まっていくのであり、みんな富士山を見たいのだった。

しかし今、世間で津山のことを〝普通の人〟と思う人は、彼女以外、まずいないだろう。彼はまったく、例外的な人物として知られていた。

丸ノ内線で起きた無差別殺傷事件から、一年半が過ぎていた。

報道で、津山の名前を目にした時に、加奈は、心臓を底から直《じか》に撲《ぶ》たれたような衝撃を覚えた。死者三名、重軽傷者八名の惨事で、彼女の会社からもそう遠くはない淡路町駅の近くだった。帰宅時間帯で、彼女自身が、その車両に乗り合わせていたとしても、まったくおかしくなかった。そのせいで、今でも丸ノ内線に乗ると、時々、津山がいるのではないかと感じることがあった。

◇

浜松旅行に至るまで、二人の交際期間は半年弱だったが、丁度、新型コロナの感染拡大の時期に差し掛かっていたため、会った回数はあまり多くなかった。

〝婚活〟専用のマッチング・アプリで、二人が出会ったのは、武漢でコロナの人への感染が発覚し、まだ日本で流行し始める前のことだった。

【津山健二――年収三百万円、ラジオの放送作家、四十一歳、東京23区内在住、趣味は映画鑑賞、ジョギング、……】

津山のことが気になったのは、年齢が二つ上なだけで、顔写真に拒絶反応が起こらず、「放送作家」という肩書きに、何となく好奇心をそそられたからだった。収入は加奈の三分の一程度だったが、結婚して財布を一つにするのであるから、まったく構わなかった。問題は、相手の方がそれを気にするかどうかである。ほとんど無趣味と言っているのと変わらない、あまり活動的でなさそうなところも、自分に似ていて良かった。

加奈は、結婚相手探しにすっかり疲れていた。

どうしても結婚して子供が欲しいという彼女の願望は、古い考えだろうと何だろうと切実であり、人には「良い相手がいれば」と曖昧に話していたが、既に五年前から苦労して三十個の卵子を採取し、凍結保存も行っていた。

結婚への焦燥は、納期に間に合わないプロジェクトに携わっているようで、日常の隙間隙間で彼女の気分を落ち込ませた。今ではパートナー探しも、ほとんどこの憂鬱を終わらせたいがためのようだった。

◇

津山との初対面は、表参道のビルの中にあるカフェだった。

津山は、コーデュロイのブラウンのジャケットに白いシャツ、それにグレーのベストを、よそ行きらしくきれいに、どことなくぎこちなく着ていた。年齢相応に、肩から腕にかけて丸みを帯びていて、撫でつけた髪には、白髪も混ざっていた。

注文を終えて少し落ち着くと、マッチング・アプリで人と会うのは、実は初めてだと彼は言った。

「一年くらいやってるんですけど、なかなか会ってもらえなくてですね。今日は、本当にありがとうございます。」

加奈は、正直な人だとは思ったが、あまり気分が高揚する情報でもなかった。

「いえ、こちらこそ、ありがとうございます。面と向かうと緊張しますね。」

「僕からすると、井上さんは収入も何もかも高嶺の花で、本当にダメ元でご連絡したんです。」

津山に好感を持ったのは、それに続けて、彼が、「どうして僕に会ってくれたんですか？」という、彼女の一番嫌いな質問を口にしなかったからだった。相手に自分の美点を言わせたがるというのは、卑屈でありながら、自己愛的な期待が強すぎると彼女には思われた。

放送作家という仕事については、多少、事前に調べていたが、芸能人とも接点がある派手な世界という印象を、津山は笑って否定した。

「あくまで裏方ですので。タレントみたいな放送作家もいますけど、僕は人づきあいも苦手で、独りで暮らしていける程度しか働いてこなかったんです。でも、もし結婚して家庭を持ったら、仕事の量は増やすつもりです。」

「増やそうと思って、……増やせるものなんですか？」

「はい、ある程度は、がんばり次第で。今は、ラジオだけじゃなくて、タレントが自分でYouTubeとかやるようになって、その手伝いも収入になってるんです。」

「そうなんですか。確かに、ニーズがあるでしょうね。」

上手くやれるなら、意外とサラリーマンよりも、将来性があるのかもしれない、と加奈は思った。何より、時間の融通が利きそうだというのは、結婚後のことを考えるなら好都合だった。

「自分の書いた原稿を、色んな人が声に出して読んでくれて、たくさんの人に聴いてもらえるって、素敵なお仕事ですね。」

「ええ、でも、けっこう、その場のフリートークになっちゃうと、がんばって書いた原稿も無視されがちですけどね。段取りだけ押さえれば、あとは自由なので。」

「それも、ちょっと寂しいですね。」

「でも、僕、あわせられますから。」

津山はそう言った。彼の口からその言葉を聞いたのは、恐らく、この一度きりだったが、加奈の中では、それがまるで、彼の口癖だったような気がしている。

仕事でいつも言い慣れている様子だったからか？　実際、彼の加奈に対する態度は、その通りのものであった。

◇

津山と加奈とが、交際していたのかどうかというのは、言葉の定義次第だった。

加奈はずっと、彼との関係を「マッチング」の過程だと思っていた。それは確かに、恋愛に似ていたが、恋愛と違って、今現在の彼をそのまま受け止めるということがなかった。彼はいつでも、未来の――結婚後の――彼のサンプルであり、津山にとっての加奈もそのはずだった。

しかし、加奈が津山との関係に、恋愛と呼ぶに相応しい幸福を覚えたことがなかったのと違って、津山の方は、一般的な交際の始まりと同様に、加奈に好意を抱き、次第にその感情を強くしていった。それは、言動の端々から感じられ、そのために、恐らく幾らか苦しんでもいた。

加奈は、津山と知りあってからも、別に二人の男性とアプリを介して会っていた。しかし一人は、友人たちと過ごす休日の酒の飲み方の話に、とてもついていけないものを感じ、一度しか会わず、もう一人は、三度目を約束した後、別の人とつきあうことになったと向こうの方から告げてきた。彼と続いていたなら、津山とは多分、そこで終わっていただろう。津山と初めてセックスをしたのは、丁度、そのタイミングだった。

津山と二人で一緒にいて、加奈は不快な思いをしたことがほとんどなかった。我が強くなく、何をするにしても、こちらに意向を尋ね、かと言って、すべて人任せというわけではなく、デートの際には、店探しとその予約を進んで引き受けた。

相手の手を煩わせながら、毎回、自分の意向が通るというのも、あまり嬉しいことではないが、収入差を考えるならば、店の選定は彼に任せた方が無難だった。もっと高級な店には、気の合う友人と行けば良かった。どの道、子供を持てば、外食と言ってもしばらくはファミレス程度だろう。自分が求めているのは、そういう日常を共有する相手なのだと加奈は考えていた。


この時期、加奈は何度か、「運命の人」という言葉を脳裡に過《よぎ》らせていた。

子供の頃に、そんなおとぎ噺風の言葉を語ったのは、母ではなく叔母だった。

「今もどこかに、将来、加奈ちゃんが結婚する『運命の人』がいるのよ。ねえ？　どこで何してるのかしらねえ？」

それこそ、ファミレスに一緒に行った時に、隣で食後のコーヒーを飲んでいた叔母から語りかけられたのだった。

さすがに加奈は、今更、互いに未知のまま四十年間近くを生きてきた結果、とうとう出会った「運命」を感じたがっているわけではなかった。ただ、この先、死ぬまでの四十年間ほどを想像して、津山が果たして、その「運命」を共有すべき相手かどうかを考えていた。

出会ってから三ヶ月ほどが経っていたが、加奈は正直なところ、津山がどういう人間なのかが、もう一つわからなかった。彼は、問題のない人間のようだった。しかし、「僕、あわせられますから。」というのが、本心からなのか、ただ我慢しているだけなのかは、どうも判然としなかった。それを疑わせる雰囲気が、幾らかないわけではなく、そのせいで、加奈も彼に対する気づかいが抜けきれなかった。

大学を卒業して放送作家になるまで、津山の経歴には空白があり、何か「やりたいこと」があったらしいが、最終的には断念したと言った。それは彼が、最初の寝物語で覚えず口にしたことだったが、表面的に見えるほど、屈託がないわけでもなさそうだった。

彼らは自然な恋愛のように、そもそも近くにいたから愛し合うようになったわけではなく、そのきっかけとなるような具体的な出来事を経験したわけでもなかった。

マッチング・アプリでの出会いは、その両方を欠いていて、代わりに、年収や年齢、居住地や趣味など、属性によって二人を結びつける。

しかし、束の間の関係ならともかく、将来の共同生活者を探すためには、恋愛の偶然任せに期待するより、ＡＩの助けを借りたアプリのマッチングの方が、恐らく成功の確率は高いのだった。

その具体的な事例は、今や枚挙に暇がない。問題は、その過程にあって、当人たちがそれを信じられるかどうかだった。

◇

新型コロナ・ウイルスが、いよいよ、日本でも流行し始めると、加奈の会社は、完全なリモート勤務となり、友人や知人、仕事関係者との会食も全てキャンセルした。外出は、感染の危険に怯えながら、足早に食料の買い出しに行くくらいだった。

津山とは、三月の後半まで会っていたが、東京五輪の開催延期が決定され、著名なコメディアンがコロナに感染して亡くなった頃から、さすがに緊迫してきて、直接会うのはしばらく控えようということになった。津山は、ラジオという仕事柄、出勤せざるを得ず、また、外出できなくなったタレントやミュージシャンのYouTube配信の手伝いに呼ばれて、人に会う機会を減らせなかった。会いたいけど、感染させたくないと彼は言った。そういう慎重さに、加奈は安堵した。そして、「会いたい」というその直截な言葉に呼応して、彼女も「わたしも会いたいですけど、今はがまんしましょう。」と伝えた。

マッチング・アプリは、コロナによって恐慌に陥っていた。新しく誰かと出会うということは躊躇われ、会ってもマスク越しの短時間の会話しか望めなかった。それでも構わず会おうと誘ってくる人を、加奈は忌避した。

東京五輪は、中止ではなく一年延期となったが、慎重な専門家の中には、収束までに三年は要すると予測する者もあった。

四十歳までに、と考えていた自分のパートナー探しは、実質的にこれで終わりだろうと彼女は感じた。

緊急事態宣言が発令され、感染して重体になっても救急車が来てくれないという報道を目にすると、彼女も不安を募らせていった。

どちらかが感染した時には、保健所への連絡など、互いに助け合うことを津山と約束した。

ＰＣＲ検査の体制はいつまで経っても拡充されず、政府と専門家会議との連携はチグハグで、イタリアで起きたような「医療崩壊」が日本でも懸念されるようになると、加奈は、政治に腹を立てた。使い物にならない布マスクの配布に巨費が投じられ、首相が自宅で犬を撫でている外出自粛要請の動画を目にすると、神経を逆撫でされた。

ストレスから、世界的にＤＶが増加しているというニュースが支援団体の活動紹介と共に報じられ、暗い気持ちになった。そういう相手と結婚していたなら、今頃、どうなっていたのか。

津山は、彼女の苛立ちに同調していたが、一度だけ、疲れた様子で、「でも、……誰が総理をやっても、今は難しいよ。」と口にしたことがあった。それは、これまで押し留めてきたものが、不意を突いて、口から漏れ出てしまったような一言だった。

加奈は、愚痴っぽくなりがちな自分を反省して、その時は、それ以上、踏み込んだ話をしなかった。彼もストレスを抱えているのだった。津山の政治思想については気になったが、今、Ｚｏ omで話し始めて口論にでもなれば、会って修復することが難しかった。

日々募ってゆく気鬱を乗り越えるために、加奈は、緊急事態宣言明けに、二人で旅行に出かける提案をした。

津山は、画面の向こうで、湧き立つような喜びを目に湛《たた》えた。どこに行きたいかと尋ねられ、ともかく、温泉にゆっくり浸かりたいと言った。それに、何となく、水辺が良かった。

飛行機にはまだ乗れないので、電車で行ける距離の場所を考えた。幾つかの候補地を津山が見つけ、加奈は浜名湖を選んだ。それからホテルを探し、予約をしたのも、やはり津山だった。

彼らは、互いに距てられながらも、マッチングの過程にあって、少し恋人らしくなりつつあった。加奈は、津山との結婚を真剣に考えるほどに、これまで以上に、何か思いがけない彼の性癖を知って、二人の関係が破綻してしまうことを恐れるようになっていた。

彼女は、依然として慎重に自問していた。本当のところ、彼はどういう人なのだろうか、と。

◇

東海道新幹線は、その日、ダイヤに遅れが生じて、加奈と津山が乗る予定だった九時台の列車も、二十分遅れの出発となった。

乗客は、確かにE席、D席に偏っている。四割程度の乗車率だったが、緊急事態宣言中の無人の車内の写真を何度か目にしていただけに、加奈は、意外と多いと感じた。全員がマスクを着用し、飲食や会話は「控える」ように要請されていた。つい数日前も、緊急事態宣言の解除後、初めてのクラスターが東京で見つかり、県外への移動は、まだ慎むべきだと専門家が語っていた。みんな、人目を盗んで旅行に出たような雰囲気だった。

津山は、荷棚にバッグを上げ、窓際の席を加奈に勧めた。

「いいの？」

「もちろん。」

座席に腰を下ろして、背もたれを少し倒すと、列車が動き出した。走行音が高くなり、車内アナウンスを聞きながら、二人ともしばらく黙っていた。久しぶりに体感する新幹線の振動だった。品川を過ぎたところで、津山は少し顔を寄せ、小声で、昼食は浜名湖近くのウナギ屋を予約したと言った。

「ありがとう。ウナギ、今の季節って旬じゃないけど、どうなんだろうね。」

加奈にとって、ウナギを食べることは、既にこれから二人で共有する体験となっていたが、津山にとっては、自分が時間を割いて手配した店という意識のようだった。加奈は彼が、何となく気に障ったらしい表情を窺わせたのに感づいた。そういうことは、これまで一緒にいて初めてだった。

津山は加奈の言葉に返事をせず、やや唐突に、ニホンウナギはマリアナ海溝から三千キロも海を泳いで日本に辿り着くという話をし出した。加奈も知っていたが、津山は細かな数字までよく覚えていた。ラジオで台本に書くために調べたことがあるのか、ひょっとすると、今日のために準備したのか。——その壮大な旅の想像は、些か食欲を減退させ、うっかりウナギは絶滅危惧種だと相槌を打ちながら口にしそうになったが、思い止まった。

二人とも、それからしばらく黙ったままだった。それは感染防止対策上は、まったく指示通りであり、他の乗客も誰も会話をしていなかった。

◇

小田原では、のぞみの通過待ちで、約五分間の停車となった。下車する客が通路を一列に埋め、いなくなり、乗り込んできた客が自席を探して、しばらく往き来した。

加奈が窓の外に目を向けたのは、何となくのことだった。しかし、こちらに向けられる眼差しの気配を、既に感じ取っていたのかもしれない。

追越用の上下線を二本、間に挟んで、反対側には、上りのこだまが停車していた。やはり、のぞみの通過待ちだった。

加奈はふと、小学五年生くらいの女の子が、向こうの車両の窓から自分を見ているのに気がついた。奥には、大人の影がある。

少女は、ピンクのピン止めで前髪を留めていて、黄色いTシャツにピンクのカーディガンを着ている。平日なのに、学校はどうしたのだろうと、ふしぎな感じがした。それでも、無意識に微笑して見せると、少女は、窓の下からそっと指先を覗かせた。しかし、手を振るのは、ためらっている様子だった。

加奈は、こちらから先に手を振ってやろうかと思った。——その時だった。少女は、手の親指を折って、それを残りの四本の指で包み込み、握りこぶしを作ってみせた。口許は小さなマスクで覆われているが、目は「助けて。」と訴えているようだった。

加奈の頬は張り詰めた。次の刹那、目の前をのぞみが轟音と共に駆け抜け、その車体の白に少女の姿は猛然と塗り潰された。そして、過ぎ去った時には、先ほどは開いていたはずの窓に、カーテンが下りていた。

「……大変、降りないと、……」

突然立ち上がった彼女に、津山は驚いて、「どうしたの？」と尋ねた。

「反対の新幹線に乗ってる女の子が、危ないみたい。助けを求めてる。」

「……。」

津山は唖然とした後、訝しそうに窓の向こうを見た。

車内アナウンスが、間もなくドアが閉まることを告げた。加奈は親指を握り込む先ほどのサインをしてみせ、「知らない、これ？　女性や子供の身に危険が迫ってる時のサイン。ちょっと前にネットで広まった、……」と言いながら荷棚のバッグを下ろした。

ホームで発車ベルが鳴り始めた。

津山は、錯乱した人を前にしたような目で彼女を見ていた。

「……え、……どこ？」

「カーテンのところ！　今は見えないけど。」

「……。」

「――降りないの!?」

事態の切迫に、彼女は語気を強めた。前の席の老夫婦が、驚いて後ろを振り返った。

津山の瞳は、小刻みに震えて不意に逸れた。

加奈は、それを返事と受け止めて、「ごめんなさい。」と乱暴に座席から抜け出すと、走って出口に向かった。旅行バッグが途中でシートにぶつかってよろめいた。彼の前を通ろうとして、咄嗟に口から出た「ごめんなさい。」だったが、その一言は、彼女の背後で既にもっと重たい意味を帯びつつあった。

ドアが閉まろうとしていた。加奈は、無理矢理に体を挟んで、その痛みで「……ちょっと！」と声を挙げた。怒りが湧き、目に涙が滲んだ。ホームの駅員が笛を鳴らし、険しい声で、「危ないですよ！」と叱責した。

ドアがもう一度開くと、飛び出して、白いタイルのホームを大きな音を立てて駆けた。ほどなく新幹線が動き出したが、津山は追いかけて来なかった。

◇

反対側の上りのホームへとエスカレーターを駆け上った加奈は、8号車附近でホームの状況を確認していた駅員に走り寄った。肩で大きく息をしながら、手早く状況を説明したが、つい今し方、確かに見た光景は、必死で駆けていた間に、記憶の中で壊れてしまっていた。

同い年くらいの駅員は、加奈の訴えを怪訝そうに聞きながら、出発時間を気にしていた。サインについては、津山同様、知らないらしかった。

「どこのお客様ですか？」

「わたし、7号車の8のEに座ってたんですけど。」

駅員は、「少々お待ちください。……」と呟いて、外を見ていた車掌の許に向かった。話を聞いた車掌も、眉間に皺を寄せて加奈を見遣った。空っぽのホームにベルが鳴り響いているが、そうしているうちに、発車時刻が過ぎた。

駅員が戻ってきた。

「車掌と相談しましたが、やはりそれだけでは、対応の仕様がなくてですね、お客様ですから、……はい。」

「このまま出発するんですか？　誘拐かもしれないですよ！」

「一応、車掌には伝えてますので、異変があれば、すぐに対応します。警備員も乗車していますので。」

駅員は、いよいよ時計を気にして、加奈の返事を待たずにその前から離れた。加奈は、その対応に腹が立って、「じゃあ、わたしが乗ります！」と、目の前の8号車に飛び乗った。ドアは背中で閉まって、彼女はホームの発車ベルから隔離され、車内の静けさに包み込まれた。

列車は、四分遅れで出発した。

加奈は、デッキで車掌を見つけると、先ほどと同じ説明を、車内アナウンスに紛れながら声を潜めて繰り返した。頬がずっと痙攣しているのを自分でも感じた。サインのことは、車掌も知らないらしく、彼女は、携帯電話を取り出して、カナダの人権団体が考案したというそのSOSサインを紹介するサイトを探して見せた。彼女自身は、コロナによるDV被害の増加を特集したニュース番組で、それを目にしていた。

車掌は、覗き込むようにして画面を見ていた後に、

「わかりました。7号車の8のAですね？　注意しておきます。」と、その場から去りかけた。

加奈は、誘拐犯なら、子供を脅してでも大人しくさせているだろうと思った。そして、そのまま列車を降りてしまえば大変なことになると、車掌の悠長な対応に憤った。自分が男だったなら、もっと違う対応のはずだと感じた。津山がいてくれたなら！　何故彼は、一緒に来てくれなかったのだろう！

「あの子が助けを求めていることを、わたしが確認したら、すぐに対応していただけますか？」

「あ、……そう、ですね、ただ、あちらもお客様ですから、……」

「すみません、わたし、じゃあ、切符持ってないんで、東京まで、7号車の8のDの座席、購入します。空いてますか？」

「8のD、……ああ、はい。」

「女の子の身に、危険が迫っていることが確認できたら、対処しますね？」

「……その時にはお知らせいただければ、はい。」

車掌は明らかに、加奈をこそ正気ではない客として警戒し始めていた。


加奈は、ここまで夢中で来たものの、車掌に必死で訴えたのとは裏腹に、本当は、すべて自分の勘違いなのではないかという不安を募らせていた。少女が何かの危険に巻き込まれていると咄嗟に思い込んだが、隣に座っているのが誰なのかさえ、まだ知らないのだった。

7号車に入る時には、一先ず通路を挟んで隣に座り、二人の様子を観察するつもりだった。自動ドアが開くと、少女はすぐに加奈に気がついた様子だった。隣には男が一人座っている。マスク越しだが、まだ若く二十代に見えた。会社員らしい地味な風貌で、大柄ではなく、スエットにジーパンという格好だった。どう見ても父親ではなく、強いて言えば、歳の離れた兄妹のようだったが、平日の朝から二人で新幹線に乗っているその様子は、やはり不自然だった。


男は、加奈をちらと見たが、すぐに下を向いた。

一先ず自席に着くつもりだったが、真横にまで来ると、彼女は、躊躇いがちにその場に立ち止まった。

男は、ビクッとして加奈を見上げ、空いている隣のC席だと思ったのか、そこに置いていたバッグを膝に乗せた。

加奈は、咄嗟の思いつきで切符に目を落として、

「すみません、わたしの席だと思うんですが。」と話しかけた。心拍がシャツに響くほど大きくなった。

「――え？」

男は、ポケットを探って切符を取り出し、確認しようとした。加奈は少女に目を遣った。間近で見ると、「女児」という言葉が思い浮かんだ。彼女は無表情でこちらを見ていたが、膝の上でもう一度、こっそりと親指を折り、他の四本の指でそれを握った。

――間違いなかった！　加奈の全身を戦慄が駆け抜け、波紋のように広がっていった。

「いや、あってますけど。」

「……あ、いえ、お子さんの席の方です。」

トンネルに入って車両が少し揺れた。

「お子さん」という言葉に、男は動揺して、言う必要もないのに、

「あ、……親戚の子なんです。」と言った。

加奈がその後、大胆に行動し得たのは、この一言のためだった。

女児の方を向くと、微笑みかけて、

「おじさんと旅行なの？」と声を掛けた。

彼女は、黙ってじっとしている。

「いや、この子の席もあってますよ。切符、……これ。」

「ほんとだ。……おかしいですね。……車掌さん、呼んできます。」

「……いや、切符、見せてもらえます？」

加奈は、先ほど購入し、感熱紙に印刷された切符を見せた。

「これ、Dだから、そっちです。」

「え？……ほんとですね。ごめんなさい。」

二人のやりとりを見ていた少女は、右手の親指を人差し指の爪で何度も掻き毟っていた。いつの間にか、目に涙が溜まっている。

「やだ、ごめんね、わたしが勝手に勘違いしてて。あなたは悪くないのよ、全然。」

少女は、じっとしたまま動かなかった。

「……どうしたの？　大丈夫？」

加奈は、少女にこの即興的な芝居の意味を理解してほしかった。「お腹が痛い」でも何でもいい。何か一言、デッキに連れ出すきっかけとなることを口にしてほしかった。

ところが、そうした加奈の意図を敏感に察知したのは、寧ろ、男の方だった。

加奈を何者だと思ったのかはわからない。しかし、何かおかしいと感じた様子で、「あ、ちょっと、……」と立ち上がると、その脇をすっとすり抜けて、彼女が来たのと反対のデッキの方に歩いて行った。トイレだろうかと思ったが、その後ろ姿から、逃げようとしているのだと感じた。そういう痴漢を、彼女は地下鉄の駅で見たことがあった。

新横浜に到着するという車内アナウンスが流れた。加奈は、急いで女児の隣に座って、小声で話しかけた。

「わたしに助けを求めたよね？」

女児は頷いた。

「あの人、本当に親戚？――大丈夫。助けてあげるから。親戚？　おじさん？」

少女は、首を横に振って、「……アプリで知りあった人。」と言った。

「そう、……どこに行こうとしてたの？」

「横浜のあの人の家まで。」

「脅されたの？」

「……。」

「大丈夫。あなた、まだ小学生？」

「六年。」

「被害者なんだから、保護してもらえるのよ。大丈夫。」

加奈は、女児の膝に手を置いた。そんな風に人に触れたのは、コロナの流行後、初めてだった。女児も一瞬、身を引きかけたが、そのままじっとしていた。

デッキに出て、先ほどの車掌を捕まえると、驚いた様子だった。事情を急いで説明し、男が6

号車の方に逃げて行ったと言うと、急に顔色が変わって、もう一人の車掌と警備に連絡をした。加奈はともかく、女児に付き添って新横浜駅で下車することにした。

◇

男は、新横浜駅で新幹線を降りると、ホームを小走りで駆け抜け、逃走を図ったが、改札で制止され、駅員と揉み合いになった末に、駆けつけた警官に身柄を取り押さえられた。

駅構内の事務室に女児と一緒にいた加奈は、男が死に物狂いで暴れる様子を、あとから通行人が撮影したニュース動画で目にし、恐怖で体が震えた。車中で激昂して、その暴力が自分に向かう可能性もあったはずだった。

女児は、デニムのホットパンツから、もう第二次性徴期を迎えていることがはっきりとわかる太股を露わにして、足をずっとぶらぶらさせていた。落ち着かない様子で、周囲を見渡したり、携帯電話をいじったりした。加奈に特に感謝する風でもなく、「ご両親は？」と尋ねたが、返事がなかった。

二人ともマスクをしていて、互いの顔も知らないままだった。

女児はそれから、急に何とも言えない痛ましい笑顔で、

「補導される？」と尋ねた。

加奈は、首を横に振って、「大丈夫。心配しないで。」と言ったが、この子は今後、どうなるのだろうかと、彼女自身が考えていたところだった。

警察が来ると、事情を詳細に説明して女児の身柄を託した。

「じゃあね。気をつけてね、これからは。」

そう別れの言葉をかけたが、女児は、ただキョロキョロしながら、不安そうな目で加奈を見上げ、下を向き、もう一度見上げて、あとは部屋を出て行くまで、じっと無言で彼女を見つめていた。

新横浜駅から津山を追って浜松に向かうことも出来たはずだったが、加奈は、どうしてもその気になれず、自宅に戻ると、ソファに座り込んだ。まだ正午前だった。

男は、未成年者誘拐の容疑で逮捕され、事件は、昼の全国ニュースで報道された。普段は見ないテレビを、信じられない気持ちでぼんやりと眺めた。

午後になって、新聞社から取材の申し込みがあったと、担当の刑事から連絡があり、そんなことを取り次ぐのだろうかと訝りつつ、匿名を条件に一社だけ電話で応じた。

報道では、救出のきっかけとなった「Signal for Help」という手のサインが注目を集めたが、女児は、担任の女性教諭が、ネットで見かけたこの合図を、教室で子供たちに教えたのを覚えていたらしい。

恐ろしい緊張からの解放感と、幼い子供を救ったという高揚感とから、加奈は虚脱状態に陥っていた。奇妙なことに、彼女は何故か、自分が単に勘違いをしていて、声をかけはしたものの、女児の父親に怒鳴りつけられ、謝罪させられるという偽りの記憶にまでつきまとわれた。その羞恥心があまりに苦しいので、実際に経験したことよりも、そちらの方が却って現実である気さえした。

それから、二人に話しかける前の激しい動悸を蘇らせ、男が立ち上がった瞬間の驚きを思い返し、女児の泣き顔と、救出後の無表情とを代わる替わる脳裡に過らせた。そして、そのすべての傍らに津山が不在で、「——降りないの!?」と迫った彼女に対し、困惑したように目を逸らした彼の表情を思い返した。

一緒に女児を助けに行ったとしても、そのあと改めて旅行を再開する時間は、十分にあったはずだった。いずれにせよ、昼食の時間帯には浜松に到着していただろう。

あの女児は、恐らくあのまま、男にレイプされていたのだった。普通の子が小学校で授業を受けているその同じ時間に。——あまりにも悲惨だった。数年にわたって監禁されるような事件もあり、騒げば殺されていたかもしれない。

結果として、あとで誤解だとわかるにせよ、そういう危険を察知した時には、とにかく何を措いても助けに行くべきではないか？　高が旅行なのに！　しかもパートナーが、それを真剣に訴えていたというのに。気がヘンになったと思うなら思うで、やはり一人で列車から降ろしてはならないのではないか？……

ホテルに到着した津山からは、「大丈夫？　こちらは、先について待ってます。様子を教えて下さい。」というメッセージが届いていた。彼はまだニュースを見ていないらしかった。

加奈は怒りが込み上げてきて、そのメッセージを夕方になるまで放置した。しかし、思い直して、「ごめんなさい、今日はやっぱり、そちらに行けそうにないです。わたしは大丈夫ですので、ゆっくり楽しんできて下さい。」とだけ書き送った。

津山からは、返事がなかった。

この「マッチング」は、ここで終わりだと加奈は感じた。

◇

津山から連絡があったのは、それから一週間後のことだった。謝罪のメールだった。

あの時は、咄嗟のことで混乱してしまった。ニュースで女児が無事保護されたことを知り、加奈の言葉をすぐに信じなかったことを後悔した。許されるなら、もう一度会って謝罪させてほしい、と。

自分の説明も、要領を得なかったのだと、加奈は冷静に振り返った。せっかく準備してもらった旅行を台なしにしてしまったことは、こちらからも返信で詫びた。しかし、彼女は、自分の訴えが無視されたことで、いつまでも腹を立てているのではなかった。彼のその倫理観の欠如を軽蔑し、とても今後の「運命」を共有することは出来ないと感じているのだった。実際、津山のメールには、女児の身を案じ、自分が彼女を助けようとしなかったことへの反省が一切なかった。ただ、加奈への態度を悔やんでいるだけであり、それがまた彼女に冷たい気持ちを抱かせた。あの子は、あの男にレイプされていたのかもしれない、という痛ましい想像が、その幼い太股に手を置いた感触とともに、彼女の心を去らなかった。

　相次いで大きく報じられたこの事件の記事に、加奈は一通り目を通し、女児が、マッチング・アプリで知りあった容疑者の男から、不用意に送ってしまった写真をバラ撒くと脅されていたことを知った。車ではなく、新幹線で連れ回すというのは杜撰な思いつきのようだが、同じ方法で成功した余罪があるらしい。

　女児は、複雑な家庭の子供らしく、家出を繰り返しており、加奈に対しても、その後、両親から礼を言いたいといった連絡が来ることはなかった。

　津山にはメールで、「お互いにがんばりましょう。」という言葉で、もう会わないことを伝えた。その少し偽善的な言い回しの意味を確認しようと、津山からは、またメールが届いたが、彼女はそれに返信しなかった。

　彼は、マッチング・アプリで知り合い、結局、うまくいかなかった人たちの一人に過ぎなかった。そういう出会いと別れを、もう何度となく繰り返している。それは、お互い様であり、きっかけは滅多にないことだったが、結果自体はありふれたことのはずだった。

◇

東京の丸ノ内線の車内で無差別殺傷事件が発生したのは、それから五ヶ月後のことだった。

速報を見た時、加奈はタクシーで、友人との夕食の約束に向かうところだった。人の混み合っていない、広くて換気の良い場所を探して、虎ノ門の高級ホテルのイタリアン・レストランを予約していた。

偶然にも、相手は、加奈が当時、唯一、津山のことを話していた八つ年上の友人で、

「それは、醒めるよ。やっぱり、いざって時に人間性が出るよね。」

と、別れて「正解」だったと同情してくれた女性だった。彼女自身は結婚していて、中学生と小学生の二人の子供がいるが、夫とうまくいっていて、加奈との外食にもよくつきあってくれる姉のような存在だった。

事件のことは少し話したが、まだあまり情報もなく、「恐いね。」と言い合った程度だった。加奈が改めてネットのニュースを見て、その中に、津山の名前を見つけたのは、帰宅してからのことだった。

加奈は、最初、容疑者と被害者とを勘違いした。はっきりそう意識したわけではなかったが、混乱したまま、津山が人を殺したと思ったのだった。人生に絶望し、自棄を起こして人を刺して

まわり、「死刑になりたかった。誰でもよかった。」と、決まり文句のような自供をしている犯人を、津山のことのように感じた。――しかし、事実は、そのまったく逆だった。津山は被害者だった。

ｉＰｈｏｎｅの小さな画面を見つめたまま、彼女はしばらく、呼吸をすることが出来なかった。そして、あの日、車中で激しく高鳴った心臓が、何のつもりなのか、それとまったく同じように胸を内側から叩き続けていた。

犯行直後に撮影された、車中の夥しい血と、救急隊員たちの奮闘、負傷者の側に座り込んで、為す術もなく泣いている人のモザイク越しの顔が目に映った。しかし、犯行の最中は、防犯カメラの隅にその断片が映り込んだだけだった。

証言によると、津山は、犯人がナイフで隣の男子小学生二人組に襲いかかった時、それを庇おうとして刺され、出血性ショックで死んだらしかった。御茶ノ水駅で乗ってきた、塾帰りの小学生だったらしい。

◇

津山は、身の危険も顧みず、咄嗟に子供たちの命を守ろうとした人物として英雄視され、一月ほどで自然と忘れられていった。

逃げようと思えば逃げられたはずで、そうしたとしても、誰も彼を責めなかっただろう。しかし、子供は刺されていたはずで、実際には、彼は逃げることなく身を挺し、二人を庇い、その揉み合っていた間に、彼らは辛くも助かったのだった。

加奈は、自分と一緒にいる時以外の津山について、死後の報道で初めて知った。ラジオ放送局の関係者だけでなく、彼の番組に出演していた芸能人も幾人かコメントを出したので、一層、注目を集めた。幾つかの記事を読んだが、その中の何気ない一言が、加奈の胸を貫いた。

「優しい人だったんで、きっと無条件に体が動いたんだと思います。本当に、津山さんらしいです。」

◇

加奈の生活は、その後も表面的には、大きな変化がなかった。

相変わらずリモート勤務が中心で、出遅れ気味だが、東京脱出も考え始めていた。一人で過ごす時間が長いが、少しずつ外食する機会も増えた。しかし、〝婚活〟用のマッチング・アプリはしばらく触っていなかった。

コロナには十分に気をつけていたが、第六波のオミクロン株の流行で到頭感染した。ただ、ワクチンは三回接種しており、幸いにして症状は軽かった。

そうした日々の中で、彼女はあれ以来、自分の中に蟠《わだかま》っている感情を言い表す言葉を、ずっと探し続けていた。そして、それをどうしても見つけられなかった。

「罪悪感」という言葉は、勿論、一番に思い浮かんで、カウンセラーの口からも、「一種の～」という言い方で、その単語を聞いた。しかし、自分の一体、何を「罪悪」と感じれば良いのかがわからなかった。

加奈は、自問し続けていた。津山は、元々それほどに優しく、正義感の強い人間だったのか？それを、浅はかな自分は見抜くことが出来ず、あんな冷たい別れ方をしてしまったのか？　それとも、あの日の出来事が、彼をそんな危険な行動へと追いやってしまったのか？　本当の自分は、そうではないと、言わば自らの倫理性の証明として。――わからなかった。

「罪悪感」という言葉が手繰り寄せるのは、どちらかというと、その後者の推測だった。彼女は、間接的に彼の死に責任を感じていた。

そうした考えは、カウンセラーからも、津山との別れを「正解」だと理解した年上の友人からも、きっぱりと否定された。あなたのせいではない、と。

自分が逆の立場でも、きっと同じ助言をしただろうと思った。

しかし、それには納得していても、彼女の心はどうしても晴れず、折々酷く苦しいので、「罪悪感」などではなく、何かもっと、別の言葉があるはずだと考えていた。その言葉が欲しかった。

彼ら二人は、〝婚活〟用の「マッチング・アプリ」で出会い、赤の他人の子供を身を挺して救おうとする類い稀な善意を共有し合った、珍しいほどの「マッチング」の成功例であり得たのだった。

しかしそれは、こんな形で失敗に終わってしまった。

自分は一体、何を間違ってしまったのか。……

加奈と別れた後、津山が誰かと交際していたという報道はなかった。何もかも考えすぎであり、もう自分のことなどすっかり忘れてしまっていただろうと考えたこともある。それは実際、あり得ることだったが、自分に都合の良い想像というのは、それだけに信ずることが難しかった。

あの日、新横浜駅で女児を警察に引き渡した後、津山を追って浜名湖まで行けば良かったのだろう。しかしあの時の自分には、どうしてもそれが出来なかった。彼女は何度振り返っても、そう思うより他はなかった。

◇

新型コロナの第六波が落ち着き、大きな第七波が来る前の二〇二二年六月初めに、加奈は、ふらりと一人で浜名湖まで旅行に出かけた。津山と二人で新幹線に乗った日から、二年の時が過ぎていた。

何のための旅かは、自分でもよくわからなかった。——何をすべき旅なのか。しかし、その無益な感じこそが、自分でも理解していないこの旅の目的に適っている気がした。

あの日、泊まる予定だった湖畔のホテルに到着したのは、午後二時半だった。フロントには、彼女以外の客の姿はなく、少し早めにチェックインさせてくれた。

客室係の案内もなく、一人で六階の部屋に入ると、荷物を置いて手を洗い、マスクを外した。窓の外には、浜名湖の南端が見えた。

建物は緑に囲まれていて、その向こうの橋を、車が頻りに往来している。観光地なので、他にもあちこちにホテルが見える。左手は太平洋に向かって視界が開けていて、軒の低い民家が一帯に並んでいる。人の生活と湖とが、長い時間を掛けて一つになったことがわかる景色だった。

生憎と曇り空で、湖は期待したような美しい姿を見せてくれなかった。北に向けて大きく広がっているはずだったが、部屋からは、それを見届けることができない。

窓辺の椅子に腰を下ろして、鼻で小さく息を吐いた。その音が、口許のほんの一握りの空気だけを震わせて、力なく消えた。

しんとしていた。ふと、この部屋は、自分がいることにまだ気がついていないのでは、と、奇妙なことを加奈は感じた。誰かがチェックアウトし、掃除がなされ、また別の誰かがチェックインするまでの、時が止まったような無音が、そのまま残っているようだった。

ベッドに、皺一つなく張られた真っ白なシーツを眺めた。

あの日、津山は一人、こんな静かな部屋にいたのだろうと思いかけて、いや、きっと違っただろうと考え直した。彼はこの無音を、まるで嘲笑や非難の声のようにうるさく感じていたのではなかったか。——

そう思った直後、加奈は急に、何か気配のようなものを感じて、後ろを振り返った。

何もなかった。しかし、この部屋は、もうとっくに、自分が入室したことに気づいているのだろうと思った。ただ、津山への同情と、自分への軽蔑から、無視しているのだった。そんなふうに、露骨に客を拒むホテルの部屋というものがあるのだと、彼女は寂しく感じた。そして、自分が苦しんでいるのは、この寂しさではないだろうかと思った。


その日は夕方前から小雨が降り出して、結局、ホテルから一歩も出ず、館内で夕食を摂り、温泉に浸かって何もせずに過ごした。ただ、夜中に長い夢を見て、そのあと随分と泣いた。

翌朝は晴天で、ホテルの近くを少し歩いたが、これは、まったく準備不足な発想だった。ともかく、車がなければ、観光はままならない場所で、田舎町の住宅地を抜け、二十分ほどかけてようやく水辺に辿り着いたものの、そこで何が出来るというわけでもなかった。

加奈はただ、堤防に手を掛けてしばらく立っていた。浜名湖は汽水湖だと聞いていたが、確かに匂いは海のようで、風で波が立って、足許で音がしていた。

今朝は青空が、そのまま湖面に映し出されて、頻りに煌めいている。素朴だが、きれいな景色だった。

あの日、現地でレンタカーを借りる、という相談を、加奈は津山からされていなかったはずだった。それも実は、手配してあったのだろうか？……

◇

帰路の上りの東海道新幹線は、E席がまだ空いていた。

予想通り、何のためともわからないままの旅の帰り、加奈は、やはり津山のことを考えていた。短い交際期間に、彼女は随分と、彼と結婚したならば、という未来の想像をしていた。それが幸福なものであるのかどうかを、いつも不安げに思い描いていた。そして今、それらの記憶は、失われてしまった結婚生活のように、ふしぎに彼女の心に残っている。

男の子二人が助かって、本当に良かった。しかし、死んだ津山を、かわいそうに感じた。

静岡駅を越え、トンネルを立て続けに四つ潜った。

最後の一つは長く、それを抜けると、富士川越しに富士山が見えた。行きの下りの新幹線では、曇っていてよく見えなかったが、今日は見事だった。加奈は、その裾野の大きさに圧倒された。富士山は日本の象徴だろうが、白い雪を頂に残しつつ、その群青色と深緑の山肌には、野性的な、ほとんど無国籍的な雰囲気があり、人間がここに住むようになる遥か以前の時間が、そこにだけ残っているような感じがした。

車中では、シャッター音が幾つも聞こえたが、加奈は写真は撮らなかった。鉄橋を越え、住宅地や製紙業の工場地帯に差し掛かっても、意外と長く山は見えていたが、何度か防音壁に視界を遮られているうちに、やがて見えなくなってしまった。

これのために、あの日、わざわざこだま号のE席に座ったのだった。

津山はあの後、一人で富士山を見たのだろうか？

加奈は、ふと、富士山の正面というのは、どの方向から見た姿なのだろうかと考えた。そして、浮世絵に描かれた幾つかを思い出そうとしているうちに、急に胸を締めつけられた。

富士山には、興味がなかった。しかし、既に遠ざかりつつあるその山の姿を思い返しながら、今日は見られて良かったと心から思った。

息吹

＊

齋藤息吹《さいとういぶき》が、その日、池袋のマクドナルドでアイスコーヒーを飲んでいたのは、たまたまだった。

梅雨入り前の日曜日の午後だった。

一人息子の悠馬《ゆうま》を塾の模試会場に迎えに行ったが、いつもならば、同じように子供を待つ父母らで溢れ返っている建物周辺に、まるで人気《ひとけ》がなかった。出入口の係員に訊いてみると、解説授業の終了は三時十五分の予定だという。間違えて、一時間も早く来てしまったのだった。

息吹は、自分の間の抜けていることに呆れながら、どこで時間を潰そうかと考えた。

東京はこの日、夥しい光が降り注ぐ晴天で、空は青く、雲は白く、午後二時頃には、気温が三十六度に達していた。気候変動が進んで、少々のことでは驚かなくなっていたが、さすがにこの時期の猛暑日は異例だった。おまけに湿度が高く、白いポロシャツにカーキ色の短パンという気楽な格好の息吹も、駅から歩いてくる間に、胸や背中に不快な汗をかいていた。

周囲を適当に歩いていて、「かき氷」という青いのぼりの赤い文字が目に入った。

老舗らしい和菓子屋に、カフェ・スペースが併設されている。そう言えば、今年はまだかき氷を食べていなかった。自動ドアから、クーラーの効いた店内に入り、奥まで進んだが、順番待ちの客が七組もいると告げられ、諦めた。

その後、店を探したもののどこも混んでいて、結局、マクドナルドで、アイスコーヒーを飲む羽目になった。一人でマクドナルドに入ったのは、何年ぶりだろうか？　十年、……いや、十五年ぶりくらいかもしれない。学生時代は、彼も随分とマックの世話になったが、今では悠馬にねだられて店に入っても、ナゲットを一つ二つ摘まむ程度だった。

ハンバーガー自体は好物で、近年立て続けに日本に進出したアメリカの新しいチェーン店は、大方、試している。そういう店で、溢れんばかりのチーズやベーコン、滑り落ちそうなほど大きなアボカドの入ったハンバーガーを征服するようにかぶりつくようになって以来、要するに、マックはもう卒業してしまったのだった。

店内には、休日の午後でも、パソコンを開いて仕事をしたり、教科書や参考書を並べて勉強したりしている客が少なからずいて、コーヒーだけというのも、案外、珍しくなかった。時間が時間だからかもしれない。

窓が大きく、クーラーで冷えた店内には、午後の眠気を誘うような光が横溢《おういつ》している。

携帯を弄りながら、息吹は時折、店内をぼんやりと観察し、自分はもうこの世界には属しておらず、今日は本当に、たまたまここにいるのだと感じた。

ヒップホップ系の大きなTシャツを着た隣の若者二人が、各々片手にビッグマックを持って、椅子の背もたれに体を預け、足を組んで話し込んでいる。彼の席にまで漂ってくる、その匂いを嗅ぎながら、息吹は少し胸焼けを感じた。ビッグマックを自分で注文して食べることは、もうないだろうなと思った。彼だけでなく、彼が普段、つきあっている人たち――同年以上で、それなりの生活をしている彼ら――なら、恐らく「もう食べれないよね。」と、片目を瞑るように顔を歪めて、苦笑交じりに同意するはずだった。

それでも、この時、息吹を見舞った郷愁には、記憶システムに障害でも発生したかのような、戸惑うほどの目まぐるしさがあった。大学時代に一人暮らしの学生マンションで、床に広げてビッグマック・セットを食べていた光景から、後輩のバイト先の店をからかい半分に訪ねた時の光景、最寄りの店で、真夏に、上半身を紫色のキスマークだらけにした女が、タンクトップの白人男と列の前に並んでいた光景。……どれも、この十五年間、ただの一度も思い出されることがなく、それもそのはずで、今では何の役にも立たない記憶ばかりだった。

息吹は、そのどの一つに留まることも出来ず、ただ、それらが乱脈に展《ひら》いてゆく大学時代の思い出に、しばらく心地良く浸った。

自分が歳を取ったことを感じた。こんながらくためいた記憶を次に思い出すのは、いつだろうか？　それらは、今までしまい込まれていただけに、度々、思い出してみる記憶よりも、却って元のまま新鮮だった。死ぬまで自分の中に残り続けるのだろうか？　あと四十年ほど？　老後に施設に入ってから、毎日ゆっくり回想するために、大事に保管しておくべきなのかもしれない。自分という人間がこの世に存在した、という事実の実体は、つまりはこんな経験の寄せ集めなのだった。

それにしても、昔のマドレーヌと紅茶の組み合わせには、ここまで強烈な記憶喚起能力はなかったろうと、『失われた時を求めて』を読んだことがなく、ただ、「プルースト効果」という言葉だけを知っている息吹は考えた。どこか、ドラッグの作用のようで、マックのハンバーガーには、脳の記憶領域をハッキングするような、何か特別な化学物質でも含まれているのかもしれない。――息吹はそんなことを、真剣に信じる人間ではなかったが、きっとそのせいで、時々、無性に食べたくなるのだと、友達と冗談交じりに喋るのは楽しそうだった。

息吹の左隣には、彼と同年くらいの女性が二人、向かい合って座っていた。雰囲気から、彼女たちも、子供の模試が終わるのをここで待っているのかもしれない。席が近いので、話は嫌でも耳に入ってきた。

「久しぶりにこんな脂っこいもの食べてるのよ。」

「なんで？　ダイエット？」

「大腸内視鏡検査でポリープを切除したから。」

「あー、言ってたね、検査のこと。」

「そう、それで、三個も取って。」

「えっ？　三個も？」

「そう。全部、ただのポリープだったんだけど、あると思ってなかったからビックリで。」

「へえー、わたしも行った方がいい？」

「絶対、行った方がいいって。ほっといたら、大腸ガンになるよ。」

「やだ、脅さないでよ。」

「だって、行かないから。」

「ちょっと、抵抗があるかな。」

「麻酔するから、寝てたら終わりよ。胃カメラは？」

「胃カメラはあるけど。」

「同じよ、じゃあ。行った方がいいって、絶対。八割くらいの人がポリープが見つかるってよ。わたしの行った病院、紹介しようか？」

「そうね、……行こうかしら、じゃあ。」

息吹は、素知らぬ顔で下を向いたまま、携帯で「大腸内視鏡検査」を検索した。

彼は毎年、人間ドックを受けていて、ＬＤＬコレステロールの値がやや高いことと、老眼が始まって視力が落ちていること以外は、特に問題なしという結果だった。ジムにも週に一度、通っていて、四十三歳にしては、さほど腹も出ていない。そういえば、オプションでそんな検査があった気もしたが、検便で引っかかったら受けるのだろうと思って、申し込んだことはなかった。

検索の結果、消化器内科の広告が大量に出てきて、そのうちのデザインのきれいなものを一つ選んでタップした。

「こんな症状のある方は、大腸内視鏡検査を受けてください。」とあり、排便時の出血や急な体重減少、腹痛、便秘、下痢、便が細い、……などと列挙されていたが、これなら誰でも一つくらい当て嵌まるのではないかという気がした。しかし、元々、胃腸が丈夫な息吹は、実のところ、そのどれとも無関係だった。

それでも、続く「大腸内視鏡検査のメリット」という項目に目を通していると、段々と、胸のうちに嫌なものが広がってゆくのを感じた。曰く、食の欧米化で日本でも大腸ガンの罹患率は増え続けている、特に牛肉やベーコン、ソーセージなどの加工肉はリスクが高い、男性の大腸ガン死亡率は、ガン全体の部位別統計の中で第二位である、年齢階級別では、三十代以上になると指数関数的に増加する。……

店内に立ち籠めるハンバーガーの匂いは、鼻腔の奥で重たく澱んで、いよいよ盛んに、彼がこれまで食べて来た加工肉の記憶を引っ張り出していた。飼い猫がタンスの抽出《ひきだし》を漁っているような勢いだった。

そう言えば、少し前に、左脇腹に鈍痛を感じたことがあった。じきに治まって忘れていたが、あまり感じたことのない、一種、難解な疼きだった。大腸ガンは、初期にはほとんど自覚症状がなく、気づいた時には、かなり進行しているという。息吹は、さすがにその過剰反応を自嘲したが、しかし、笑いがサッと掃いてしまったあとにも、胸の底には、こびりついたような不安が残っていた。

彼は、広告の中から、評判の良い、実績のありそうな病院を調べて、麻布十番の自宅からも遠からぬ一軒を見つけた。医師は慶応出らしく、万が一の時には、大学病院とも連携して対処してくれるという。予約は二ヶ月先まで埋まっていたが、誰かがキャンセルしたのか、一箇所だけ、平日の午後に空いている枠があり、予定を確認すると、何とか都合がつきそうだった。みんなやはり、検査を受けているのだった。

その後は、悠馬を迎えに行く時間まで、ずっと大腸ガンについての情報を検索していたが、読めば読むほど不安になるので、止めよう、と携帯をテーブルに置いた。ネットで病気について調べ出すと、決まって、自分がもう深刻な病気であることが決まったような気持ちになってくる。「心気症」というのも、彼がネットで調べて知った精神疾患の名称だったが、恐らく多少、そういう傾向があるのだと思っていた。

融けた氷で薄まったアイスコーヒーをストローで吸うと、今、ガンになったら、家族はどうなるのだろうかと考えた。そして、小さく嘆息して、しつこく頭にまとわりついてくる考えを振り払った。

窓に蝟集《いしゅう》する初夏の眩しい光は、網膜を通して彼の内側にまで差し込み、その心の影を濃くした。世界が明るいほどに、不安な人間の心が一層暗く翳るのは、心理的と言うより、そうした言わば光学現象なのかもしれない。

検査を受けて三個もポリープを切除し、今はぴんぴんしている隣の女性が、心底羨ましくなった。さっさと検査を済ませて、自分も早くあちら側に行きたかった。

店を出ると、クーラーで少し冷えた体から、堰き止められていた汗が一気に吹き出してきたが、その中には、先ほどの不安な想像によるものも混じっていた。

模試会場のビルの前には、遠くからでも、日傘を差した母親たちの群れが見えた。

子供たちが、塾の関係者に見送られながら、一人、また一人と建物から出てきて、たちまち人混みになった。リュックのストラップを両手で摑んで歩く悠馬を見つけると、大きく手を振った。

「どうだった？」

駆け寄ってきた悠馬は、いつものように、ただ、「うん、まあ、普通。」とだけ答えた。背中からリュックを引き取ってやると、身軽になって改めて父親を見上げた。

「パパ、大丈夫？」

「何が？」

「なんか、顔が蒼いよ。」

「そう？　別に大丈夫だけど。」

息吹は、幾ら何でも息子にまで心配される自分を、どうかしていると思った。そして、笑顔を見せると、友達に声を掛けられて先を行くその背中を見守るようについていった。

＊＊

息吹から話を聞くまで、絵美《えみ》もまた、大腸内視鏡検査など考えたこともなかった。

夫よりも二歳年下の彼女は、つい最近まで三十代だったので、友人たちの間で大腸内視鏡検査の会話にならなかったのも、無理はなかった。話題に上るのは、むしろ婦人科系の病気の検査で、子宮筋腫で手術をした友人も二人いた。彼女自身は、幸い、乳ガン検診も含めて、これまで特に異常は見つかっていなかった。

絵美は、これからこんな話ばかりになっていくと思うと、つくづく、自分が〝中年〟になってしまったことを感じる。

牛肉が環境に悪いという話は、最近、よく耳にしていたが、食生活を変えるほど意識したことがなかった。夫と同様、彼女も肉好きで、霜降りの和牛はさすがにもう受けつけなかったが、赤身の熟成肉が日本でも広まってからは、以前よりもよく食べていた。

地球のためにも、自分の体のためにも、今後は減らした方がいいのかもしれない。――冷凍庫の中身を思い浮かべながら、彼女はぼんやりと考えた。

「絵美も、検査受けた方がいいよ。大体、便秘がちだし。何もないならないで、安心するから。」

「パパ、食事中だよ。」

悠馬は、好物のささみチーズフライをもう三個も食べていて、更にもう一個、大皿から取ろうとしていた。

「ごめんごめん。よく食べるなあ、今日は。気持ちがいいくらいに。」

「学校で持久走だったから。」

「それでか。ちゃんと、キャベツも食べて。」

「食べてるよ。」

「全然、減ってないじゃん。一緒に食べたらいいんだよ。千切りキャベツは、フライと一緒に食べる時だけうまいんだから。あとはうまくないけど。」

息吹は、箸でキャベツを指しながら言った。

悠馬は父を慕っていて、休日にはよく近所の公園で一緒に遊び、絵美には内緒でゲームセンターに行ったりもしている。昔はそれを、悠馬はどうしても隠しきれずに打ち明けていたが、最近では黙っているだけの知恵もついていた。

一人息子で、物の取り合いをする兄弟もなく、家では勉強をしているか、一人でゲームをしているかのどちらかで、大人しいものだった。息吹も優しいので、特段の反抗もない。中学入試の勉強を始めて、交替で宿題を見てやっていたが、教えていてケンカになるのは、どちらかというと絵美の方だった。

最近、ネットで見つけた「お店のように、ふわっと美味しくキャベツを千切りにする方法」というサイトの通りにやってみたが——芯を外し、少し小さめに切った葉を、葉脈が横向きになるように巻いて切るのがコツらしい――、それが本当にうまくいって、小山になった千切りキャベツの一本一本の緑が鮮やかだった。いつもの切り方だと、大きな芯がもっと無造作に混ざって、全体が白っぽく見えてしまう。

　そのキャベツの美しさの分だけ、今日はいつもより、幸福な食卓のように感じた。大袈裟だが、なぜかそう感じた。フライと一緒に食べる時だけ、千切りキャベツはおいしいという息吹の意見にも同感だった。結婚して十一年になるが、夫とは気が合っていて、一緒にいて疲れないのが良かった。

　キャベツの切り方を変えた話をすると、息吹は、「へぇー、そうなんだ？」と感心して、「確かにウマいよ、これ。ドレッシングなしでも甘みが感じられて。」と、また、大きな口にフライとキャベツとを一緒に運んだ。

　それから、彼はまた大腸内視鏡検査に話題を戻して、マックでたまたま、検査のことを小耳に挟んで以来、周りにもよく話しているが、四十代後半以上の少なからぬ友人・知人が、既に経験済みであることに驚いていた。

　不安の裏返しなのか、その口調は、ほとんど躁的だった。

「やってんだよね、結構みんな。特に検便で引っかかったとかじゃなくて、何かの機会に、人に勧められたりしてさ。――で、ポリープがまったくなかったって人が、一人もいないんだよ。大抵、一、二個切除してる。なんで話してくれなかったんだろう？　検査前にも後にも食事制限とかあって、会社休んだりもしてるはずなんだけど、まったく気がつかなかったんだよ。」

「別に、わざわざ人に話すことじゃないんじゃない？」

「そうかなあ？　俺なら絶対、言うけどな。けっこう、色んな話を会社でしてるつもりなのに、この肝心の話題だけは、誰とも共有してないんだよ。ふしぎだよ。自分だけ別世界にいたみたいで。」

「こだわるのね、やけに？　たまたまよ。」

絵美も、食事中にしたい話ではなかったので、そう言って打ち切ると、悠馬に今日の持久走のことを尋ねた。

それでも、彼女はこの日、やはり何となく幸福だった。その実感は、切り方を変えた千切りキャベツほどに微妙なものだったが、しかし、意識して噛みしめれば、はっきりとわかるほどの違いだった。

＊

検査一週間前の問診まで、息吹はずっと多忙だった。お陰で、不安な妄想に苛まれずに済んだことは良かった。

息吹が訪れた消化器内科は、大きくはないが、高級マンションのエントランスを思わせるデザインで、待合室の床や壁には石のタイルが貼られ、間接照明で、ＢＧＭには小さな音でジャズが流されていた。受付の女性二人も、制服からしてフロント係のような雰囲気だった。

最初に看護師に採血をされ、一通り検査の説明を受けて診察室に呼ばれた。

医師は、息吹より一回りほど年上の男性で、声に抑揚を含ませず、淡々と問診を行い、「では、特に自覚症状はないけれども、一度、検査をしておきたい、ということですね。年齢的にも、そろそろ一度、しておいても良いと思います。」と言った。あとで気がついたが、症状があると、検査も保険適用が可能らしかった。

前日は、病院で購入したレトルトの「大腸検査食」を三食食べた。粥や雑炊が主食で、量は少なかったが、味は意外と悪くなく、夕食には煮込みハンバーグまでついていた。

悠馬は興味津々で、そのお子様ランチ程度のなけなしのハンバーグを、どうしても一口食べたがった。

「おいおい、パパ、これだけしかないんだぞ、夕食。まあ、いいや。一口だけ。」

「うん、……おいしいね。」

「意外となあ。もっとマズいと思って覚悟してたけど。」

悠馬は昨日になってようやく、息吹の受ける大腸の検査が、肛門から内視鏡を挿入して行われるものであることを知り、以来、過度に想像力を刺激されて、ひとりで痛そうに顔を歪めたり、急に笑い出したりしていた。

今時の子供らしく、息吹の目から見ると、悠馬は性的な刺激に対して、ほとんど無菌状態のような環境で成長していた。五年生になって、学校ではその手の冗談も友達と言い合っている様子だったが、時々耳にする内容があまりに幼く、無邪気なので、内心、ぽかんとなっていた。そして、夕食時の刑事ドラマでも露骨な濡れ場があり、バラエティ番組はセクハラ三昧で、コンビニに生々しい表紙のエロ本が並んでいたりしたせいで、まだ未熟だった性欲を四方八方から煽りに煽られていた自分の世代は、やはり、おかしかったのだと改めて思った。

悠馬が「大腸内視鏡検査」を面白がっているのも、親に言えぬような底意は何もない、まったく幼稚な興奮だった。息吹にはそれが、他方で、昔なら中学生が習うような難しい内容を塾で勉強していることと対照的に感じられ、ここ数日、しきりに自分の少年時代のことが思い返されているのだった。

検査当日は、腸管洗浄剤を、記録をつけながら十分間隔で二リットルも飲み干さなければならず、最初は不可能ではないかと思われたが、味はスポーツドリンクのようで意外と飲みやすかった。前日、下剤も飲んでいたが、大体、一時間ほどしてから効果が現れると看護師に説明された通りだった。

ガンが見つかったという人がいないせいで、知人らが語る検査の経験談は、例外なく明るかった。検査中は寝ているだけなので、話題は自ずと、検査前のこの腸管洗浄剤を飲む苦労に集中し、それは恰も、四十代という年齢を受け容れるためのイニシエーションのようであった。

息吹は、往年のプロ野球選手が思い出話を語り合う対談動画などを見ながら、せっせとトイレと自室とを往復した。食あたりとは違って腹痛もなく、見知らぬ洗浄剤の通過に、彼の消化器は抵抗することなく協力的だった。

回を重ねる毎に、見る見る内部が浄化されてゆき、最後は洗浄剤が、ただ熱を帯びつつ通過してゆくだけのようになった。

息吹は、人間とは要するに、一本の管なのだということをつくづく感じた。内科にも色々あるが、消化器内科こそは、本質的なのではあるまいか。その一本の管の両端に入口があり出口がある。栄養を取り込んで、それを維持するために、身体がこんなにも複雑に構造化されている。生物として、最も洗練された形態をしているのは、きっと蛇に違いない。しかし、その管を維持するためのシステムこそが、人間の人間たる所以なのだった。……


病院のロッカーで、ネイビーの検査着に着替えると、看護師に案内されて寝台に横たわった。改めて検査の手順を説明されたが、マスク姿のその顔も声も、小学生の頃によく通っていた「駄菓子屋のおばちゃん」によく似ていた。そして、なぜそんなことを思うのだろうかと、息吹は突然の連想を怪しんだ。

腕に針を刺され、横向きになり、医師に「よろしくお願いします。」と言った。麻酔は胃カメラで経験したことがある。完全に意識がなくなるほどではなく、半覚醒状態くらいと説明されたが、実際にはほとんど何もわからなくなる。

看護師に薬の投入を告げられ、数秒経てば、もう検査は終わっているはずだった。途中で苦しくなったら手を上げてほしいと言われ、準備をしている医師の腰の辺りが見え、……何かガスを送り込むような機械音がしていて、腹の中で何かをしているのに気がついた。痛くはなかったが、ただ、直腸の辺りに熱を感じた。

「――苦しいですか？」

看護師の声だった。何か反応したのか、麻酔を追加すると告げられた。

……検査がいつ終わったのかはわからなかった。所要時間は十五分から二十分と説明されていた。ゆっくり覚醒していったが、しばらくは、その階段を上りきれずに、踊り場で休んでいるような感覚だった。腹部には特に痛みもなく、目を開けると、いつの間にかストレッチャーで別室に運ばれていた。薄暗い照明の下、側にいた看護師が、

「大きいのが一つあって、ちょっと時間が掛かりましたけど、よくがんばりましたね。大丈夫ですか？」とやさしく声を掛けた。

朦朧としているので、余計に「駄菓子屋のおばちゃん」のようで、もう顔は曖昧にしか思い出せないが、その店の様子とシルエットは、脳裡に薄い膜のように漂っていた。

「はい、ありがとうございました。」

「ゆっくりで大丈夫ですので、起き上がれそうだったら、お支度なさってください。」

彼女が出て行ったあと、息吹はしばらくぼんやりと天井を見ていた。何かを頻りに問いかけられているような感じがした。誰からともつかず、結局、何を問われているかもわからなかったが。

やがて、起き上がって部屋を出ると、ロッカーで携帯を確認した。その時になってようやく、予定よりも随分長く、二時間も経っていたことに気づいた。

待合室の窓は、既に暗くなり始めていた。悠馬の塾の迎えに間に合うだろうかと、心配になってきていたところで診察室に呼ばれた。

ノックして入ると、医師が内視鏡で撮影した画像を、マウスを動かしながら整理をしていた。

「どうぞ。」

「ありがとうございました。」

「先日の採血の結果はこちらです。問題ないですね。それで、ポリープは二つ切除しました。今、お見せしますが、……見えますか？　ここが直腸です。それから、ずーっと行って、……ここに一つありました。これは五ミリくらいのものです。きれいに取ってます。それから、ずっと先に行きまして、……これですね。二センチで、かなり大きなものでした。こちらの方は、放置しておくとガンに進行するリスクが高いものです。良かったですね、切除できて。」

息吹は、見るからにタチが悪そうな、歪な凹凸のあるそのポリープの写真を眺め、固唾を呑んだ。

「はあ、そうですか。……いや、ゾッとしますね。ありがとうございます。」

医師は、表情を変えることなく、「このあと生検に回して、一週間後に、こちらで改めて結果をお伝えします。電話ではお話しできないことになっていますので、必ず来院してください。」と言い、これから二週間の過ごし方の指導をした。

普段通りの生活で構わないが、激しい運動は傷口が開いてしまうので厳禁、食事は脂っこいもの、野菜など消化に悪いものを避け、具体的には注意書きを参考にしてほしい、アルコールは禁止、遠出の旅行も不可、入浴はシャワーだけにすること、万が一、出血し出した時には、二十四時間いつでも構わないのですぐに連絡すること。……

息吹は、腹が減っていたので、検査が終われば、来る時に見つけたチキンバーガーの店にでも寄るつもりだったが、ありえない発想のようだった。

会計を済ませると、覚醒時に寄り添ってくれていた「駄菓子屋のおばちゃん」似の看護師から、「どうやって帰られます？」と尋ねられた。

「そうですね、……そう遠くないので、歩こうかと思ってたんですが、無理ですかね？」

「どの辺ですか？」

住所を伝えると、「タクシーね、それなら。今日は無理されないでください。」と言われた。

それでも、自宅の少し手前で降りて、スーパーで買い物をしたが、思いがけず大きな荷物になり、帰路、両手に提げて歩いていると、心なしか腹部に痛みがあるのを感じた。

＊＊

検査後、息吹は、二週間課された食事制限を厳重に守った。毎日、うどんや雑炊、焼き魚、豆腐、バナナ、ヨーグルトなどを食べ、消化に悪い野菜や肉は一切口にしなかった。勿論、酒が飲みたいなどとも言わなかった。

こういう点では息吹は真面目で、絵美もかわいそうなので、「食べてよいもの」のリストに入っていた鶏そぼろ入りの大根の煮物を鍋一杯分作ってやった。それは、本当に喜んで、レンジで温めながら三日がかりで食べ尽くした。

脂肪分をまったく摂らないので、炭水化物に偏りがちな食事の割に、息吹の体重は減っていった。

「ポリープ、二個もあったんだよ。一個は結構大きくて。」

「やっぱりあるんだ？　それって、取ってしまえば、もう大丈夫なの？」

「――と、思うよ。検査の話をみんなが人にしないのもわかる気がするよ。やっぱり、ガンが見つかる人もいるわけだから。俺はなかった！って喜ぶのも憚られるよ。親族がガンの人とかもいるわけだし。」

「それはそうね。」

会話を聞いていた悠馬は、

「パパ、ガンじゃなかったの？」とあっけらかんと尋ねた。

「ガンじゃないよ。良性のポリープがあっただけで。きれいに切除できたから大丈夫。ただ、まだ傷口が開くかもしれないから、いつもみたいに飛びかかって来るなよ。上に乗ってきたりとか。大出血で大変なことになるから。」

息吹の恢復は順調で、傷口からの出血もなかったようだった。

都合がつき、病院に生検の結果を聞きに行ったのは、ようやく食事制限が終わる頃だった。

絵美はその日、仕事で帰宅が遅くなり、夕食を作るのを諦めて、スーパーで惣菜を買って帰った。息吹もやっと何でも食べられるようになるので、肉や野菜もたくさん買った。

悠馬は塾の日で、迎えの時間までには、まだ少しあった。

既に息吹は帰宅していたが、家の中はしんとしていて、彼女の鍵の音が響いた。

「ただいま。」

リヴィングに向かうと、外出着のシャツのままで息吹がソファに座っていた。照明はいつも通りだったが、何故か、明るすぎるような感じがした。それは、彼の姿が露わすぎたからかもしれない。返事もせずに窓の外を見ている夫に、絵美はもう一度、「ただいま。」と声を掛けた。

彼が、この二十六階からの景色に目を奪われるのは珍しかった。元々特に、タワーマンションに憧れがあったわけではないが、九十平米という広さで、どうにか手の出る価格となると、低層の高級マンションは望むべくもなく、必然的に高層階の部屋になった。

購入直後は、眼下に住宅街を望む眺めに高揚感もあったものの、すぐにその単調さに飽きてしまった。見晴らしは確かに良いが、実際のところ、人の姿がまだ人として見える十階程度の方が、木々の揺れも見え、鳥の鳴き声も聞こえて、心動かされることが多かった。それは、結婚前に別のマンションの八階に住んでいた息吹の考えだったが、絵美も同じことを感じていた。

「ああ、……お帰り。」

「どうしたの？」

「……うん。……いや、病院で生検の結果を聞いてきたんだけど。」

買い物袋をキッチンのカウンターに置くと、絵美は嫌な予感がして夫を見つめた。

「何て言うか、最終的には、よかったねえ！って話だから、ビックリしないで聞いてほしいんだけど、……ガンだったんだよ、実は。」

「……。」

「ただ、本当に初期の初期で、大腸の粘膜の中にガン細胞が留まっていて、筋肉層にも達してないから、この前、切除したことで処置としては終わりだって。放射線治療とか、それ以上のことは何も必要ないらしい。」

「……それって、ガンのステージとかだと何になるの？　ステージⅠ？」

「0だって。ステージ・ゼロ。」

「そんなのあるの？」

「あるらしい。一応、ガン保険にも入ってるから、帰宅して調べてみたけど、〈上皮内新生物〉っていう扱いで、保険も下りないんだってさ。でも、ガンはガンらしい。」

絵美は、彼の言葉を一応理解したものの、感情はついていけなかった。安堵すべきだったが、何かまだ重大なことを理解しそこなっているようでもあり、ぎこちなく微笑む夫に、

「ちょっと、気が動転してて、……それって、結局わたしは、どう受け止めたらいい話なの？」

と尋ねた。

「俺も同じことを医者に訊いたんだよ。そしたら、『受け止め方としてはですね、健康意識の高い方が、適切なタイミングで検診を受けたお陰で、ガンを早期に発見でき、大事に至らなかった。――ということで、よろしいんじゃないでしょうか。』だって。」

「そう、……良かったねえ、本当に。」

絵美は、ようやく安堵の実感を得て、大きく息を吐いた。

「いや、本当に。」

「恐いね、でも。」

「恐いよ。だって、検査を受けたのは、本当にたまたまだったんだから。悠馬を迎えに行って、最初のかき氷屋が満席で、マックに行く羽目になってなかったら、検査の話だって耳にしてなかったし。――っていうか、そもそも、あの日は間違えて早く迎えに行っちゃったんだよ。だけど、それのお陰でガンが見つかって。」

「運が良かったね。」

「運っていうか、……運なのかな、これって？」

「運じゃない？　ラッキーよ、とにかく。」

「まあ、そうだけど、……あの日、検査の話を小耳に挟まなかったら、絶対、あと数年は大腸内視鏡検査なんて受けなかったよ。そしたら、もう手遅れだったと思う。かき氷屋が満席だったかどうかで、生きるか死ぬかが決まる人生って、何なんだろう？　そういうものなんだろうか？人の一生って、そういう偶然の積み重ねなの？」

息吹は、無理に笑ってみせ、手を忙しく動かしながら語った。夕日がもうほとんど落ちてしまい、彼はいよいよ、いつもよりも奇妙に明るいリヴィングの照明の下で、一人、無防備に露わだった。絵美は、カウンターを挟んで、立ったままソファの彼を見下ろしながら、二人の間の距離を持て余していた。歩み寄って、抱擁すべきである気がしたが、平均的な日本の中年夫婦らしく、彼らには、そうした愛情表現の習慣がなかった。

恐らくガンの宣告の衝撃と、もう寛解しているという安堵とを一度に経験したせいで、息吹は得体の知れない興奮に見舞われていた。

「偶然だけじゃないでしょ、それは？　わたしたちの生活も、別に偶然のお陰じゃなくて、一生懸命働いて手に入れたんだから。ただ、偶然もあるってだけじゃない、人生には？」

「けど、偶然の比重が大きすぎるよ、いくら何でも。あの日、かき氷屋にたった一つ空席があっただけで、俺は死んでたかもしれないんだよ。」

「また、そこに話が戻るの？　とにかく、良かったじゃない！　息吹に今どうかなられたら本当に困るから。今日は乾杯ね。――あ、まだお酒はダメなんだっけ？」

絵美は、それを潮に、買い物袋から惣菜を取り出し始めた。

息吹は、まだ何か言いたそうだったが、ハッとしたように時計を見て、「ああ、悠馬の迎えに行かないと。」とソファから立ち上がった。

彼が部屋を出てから、絵美はしばらく、まだ彼の体の跡が残っている空っぽのソファを眺めていた。あの日、かき氷屋が満席じゃなかったら、……という、彼の言葉を反芻しながら。

＊

二週間の食事制限を終え、息吹は元の食生活に戻ったが、毎日、家族の分を作っていた朝食の目玉焼きに、ハムやベーコンをつけるのを止め、代わりに大豆の代替肉ソーセージを焼くようになった。悠馬が嫌がるのではないかと心配していたが、案外、オランダ製のその代替肉を気に入って、元に戻してほしいとは言わなかった。

普段の食事でも、牛肉を食べる回数は減り、ハンバーガーにも、食指が動かなくなったが、それでも、少しずつまたワインを飲むようになり、総じて食生活はさほど変わらなかった。

絵美も、あのあとすぐに検査を受けたが、ポリープは一つも見つからなかった。しかし、そのことよりも、このところ体重の増加を気にしていたので、前日の検査食と当日の半日の絶食で、体重が一キロも減ったことの方を喜んでいた。

「ファスティングのつもりで、毎年、受けてもいいかも。」

息吹は、「そうだよ。もう歳だから。」と笑った。

食事だけでなく、息吹の生活は、傍から見ると、すっかり元に戻ったようだった。減量して体調も良かった。しかし、彼の頭から、あの日もし、かき氷屋に空席があったなら、という仮想が消えることはなく、却って日を経るほどに、その重みを増していった。

彼はしばらく、そのことを「運命」だとか、「偶然」だとかいった抽象的な言葉で考えようとしていたが、自分の感じた衝撃の表面で、それらは上滑りするばかりだった。

六月末のある日のことだった。もう三日間も、梅雨らしい雨がだらだらと降り続いていて、東京の全体が、薄暗い温室のような蒸し暑さだった。

息吹は、仕事を終えてジムに立ち寄ると、いつものように、タブレットで海外ドラマを見ながら、ランニング・マシンで、五十分かけて５００キロカロリーを消費した。

シャワーを浴びると、汗が引くまで、水を飲んでしばらく椅子にへたり込んでいた。検査後の食事制限で体重が減ったのを彼も喜んでいたが、運動をすると、脂肪よりも筋肉の方が落ちた実感があった。

ロッカールームを半裸でウロウロする人たちを見るともなく見ていた。

六本木にある富裕層向けのジムなので、年配の会員が多かった。肌にはしみがあり、体毛は半ば白く、皮膚も弛んでいるが、飽食の体つきで、贅沢な生活をしながらも、ともかくこの人たちは、この年齢まで健康なのだった。よく何事もなく、歳を取ったなと息吹は思った。もしあの日、かき氷屋が満席でなかったなら、自分には、こういう将来はなかったのだった。……

それからまた水を飲んで、そろそろ髪を乾かして帰ろうと立ち上がりかけた。

その瞬間、彼は急に、呆然とした様子で周囲を見渡した。

何が起きたのだろうか？――彼の脳裡には、あの日、かき氷屋の席が空いていて、一人で宇治金時を食べている自分の姿が鮮明に浮かんだ。時にやや遠くから俯瞰し、憐れむように眺め、また同時に、かき氷を一口ずつ味わって食べている、まさに自分自身だった。

彼はそれを、思い出していたのだった。これまで何度となく弄ばれた空想の記憶としてではなく、実際にその日に起きたこととして。——

息吹は、自分がその日に食べたかき氷の味と匂いを覚えていることに驚いた。そして、今の今まで、何か根本的な勘違いをしていたのではないかと不安になった。

彼はその日、確かにあの店で、かき氷を食べたのだった。

それにはまったく疑問の余地がないかのように、何もかも覚えていた。

その宇治金時は、普通の円錐型とは違って、分厚いガラスの器に、ふんわりと造形された球体のかたちで収まっていた。濃緑のミツが満遍なく染み渡った氷は、窓から差し込む光に、その表面の粒を繊細に煌めかせている。

こんなに美しいかき氷を見たのは初めてで、運ばれてくると、覚えず小さな歎声が漏れた。ただ、その洗練された見た目と引き換えに、餡も白玉も載っていないのには、些か物足りなさを感じた。「——これだけ？」と、ひょっとして別添えで、あとから具材を持ってくるのだろうかと、しばらく待っていたが、そうでもなさそうだった。

スプーンでそっと穴を空けるようにして、一口目を食べた。甘さそのものへのアイロニーのような深い苦みがあった。二口、三口と立て続けに食べ、舌をゆっくり上顎に擦りつけるようにして味わった。茶道に詳しいわけではないが、よほど良い抹茶を使っているのだろうと感じた。しかし、宇治金時は、子供は食べないだろうが、それにしてもあまりに大人向けで、甘さの表現が回りくど過ぎるとも思った。所詮はかき氷であり、拘り過ぎ、気取り過ぎだろう。……ところが、しばらく食べ進めると、スプーンが内部の重たい感触に突き当たり、探ってみると、そこに餡だけでなく、白玉までもが隠れているのだった。

息吹は、なるほどなァ、と一転して感心した。通常は、餡や白玉が、かき氷の上に装飾的に載っているので、スプーンで白玉を掬い取ろうとしたり、餡を少し切って食べようとしたりすると、大体、器の外にかき氷が崩れ落ちてしまう。しかし、中に具を収めることで、この日、息吹は、まったくテーブルを汚していなかった。更に、まずは抹茶そのものの味を十分に感じ取ってもらった後に、餡や白玉と一緒に食べてもらう、という作り手の時間軸に沿った意図が理解された。

スプーンが進み、二度、顔を顰めるほど頭が痛くなったが、熱いほうじ茶でやり過ごした。最後は、氷が融けて餡と混ざり合ったのを、スプーンをガラスの器の曲面に押し当て、滑らせるようにして掬って啜った。

紙ナプキンで口を拭くと、濃緑のうっすらとした跡がついた。舌もきっと緑色だろうと想像して、あとで悠馬にあかんべをして笑わせてやろうと思った。

それにしても、人気店らしいのも納得されるかき氷だった。

店内は満席で、ほとんどが女性客であり、写真を撮り、スプーンを口に運んでは、目を輝かせている。やはり、宇治金時の内側に餡と白玉とを発見し、顔を見合わせて驚いていた。

たまたま席が空いていて良かったと、息吹は満腹の余韻に浸りながら思った。息子の迎えの時間を間違ったお陰で、今日は運が良かった。……

――そう、確かに彼は、あの日、かき氷を食べたのだった。でなければ、あんな丸いかき氷など知るはずがなかった。あれは、いつか別の日に食べたかき氷とは取り違えようがないほど個性的で、彼自身が決して空想することの出来ない意外な代物だった。

息吹は、徐《おもむろ》に携帯を手に取ると、店のサイトを検索した。そして、写真を見て、そのかき氷のかたちが丸いことに目を瞠った。まさに、彼の記憶が、食べたと確証しているかき氷だった。

そして自分は、まだ大腸内視鏡検査は受けていない。――そう考えて、両腕に鳥肌が立つのを目にした。あの日、あの店でかき氷を食べたせいで、自分は、その数十メートル先のマクドナルドで、中年女性二人が交わしていた大腸内視鏡検査の会話を、聞き逃してしまったのだった。そもそも、そんな会話が為されていたこと自体、知る由もなく。……

息吹は混乱した。どう疑って考えてみても、かき氷をたらふく食べた記憶の方が、マクドナルドでアイスコーヒーを飲みながら隣の会話を聞いていた記憶よりも、詳細で、具体的で、生々しかった。それには、実体があった。食後に飲んだほうじ茶では流しきれなかった、あの口の甘いベタつきは、今でもたちまち唾液を分泌させる。しかし、マクドナルドのアイスコーヒーの風味など、いかにも作り物めいていた。大体、自分はマクドナルドになど行かない人間じゃないか。……

つまり、完全に逆なのだった。どこでどう思い違いをしていたのか、かき氷屋にいた自分こそが本当の記憶であり、マクドナルドにいた自分は、あの時もし、かき氷屋に入れなかったならと想像してみた自分に過ぎないのだった。

そう理解して、息吹は恐ろしい不安に駆られた。そしてさすがに、こんな矛盾だらけの考えを、どうかしていると打ち消した。もしそうなら、今のこの俺は、一体、何なんだ？

ドライヤーで髪を乾かしながら、疲れているのだろうか、と考えた。それは間違いなかった。記憶は、どうしてもかき氷を食べた自分の方が現実だと言い張っている。しかし、それを言うならば、大腸内視鏡検査を受けた記憶もまた、同じくらい確かなものだった。途中はまったく覚えていないが。

彼は、鏡越しに自分の腹部を見つめた。ここにはまだ、ガンが切除されないまま収まっているのだろうか？　そして、いよいよ自嘲的な気持ちで首を横に振ると、面倒な仕事を一旦、脇に置いておくように、ロッカーに戻って帰宅の準備を急いだ。

＊＊

しばらくは、絵美も、夫の混乱した高揚感に同調していた。

もし手遅れになっていたなら、という想像は恐ろしく、彼がどこか浮ついた様子であるのも無理はなかった。彼女自身もその後、検査を受け、その緊張と安堵とを追体験していた。

動揺が収まると、次に息吹を訪れたのは、一種の多幸感だった。

朝から晩まで、彼は、自分が生きている日常の一々に感動し、あらゆる些事に敏感に反応して、心を震わせていた。

梅雨の中休みの早朝、彼はリヴィングの窓辺に座って、朝日の光が、ようよう街に満ちてゆく様を、恍惚とした目で見守っていた。

満員電車に揺られて出勤することが「楽しい」と言い、それに耐えられる自分の健康に感謝した。

悠馬に勉強を教えていても、イライラするということがなく、

「子供と勉強できるなんて、中学受験で最後だよ、きっと。さすがに大学受験の勉強は自分でやるだろうから。そう思うと、今だけの貴重な親子の経験だと思うよ。」と、真顔で言った。

入浴時間が長くなり、心配になって覗いてみると、手で掬った湯が、五本の指の隙間から流れ落ちてゆく様を、神妙な面持ちで見つめていた。それを、一度ならず何度となく繰り返していて、妻に見られているのに気がつくと、バツが悪そうに苦笑した。

別けても絵美を驚かせたのは、ある晩、もうそろそろ寝ようかと、キッチンで水を飲んでいた彼女の肩に、息吹の手が触れたことだった。

最初は、何のつもりかわからず、一瞬、反射的に身を引いたが、雰囲気からようやく察すると、さすがに苦笑を禁じ得なかった。

「え、……なんで？」

「なんでって、……夫婦だから。」

「今も夫婦じゃない？」

「そうだけど、……やっぱり間違ってたよ、俺たち、もう何年も。夫婦なんだから。」

「――大丈夫？　ごめん、ちょっと。……そういう気分になれない。」

「どうして？」

「だって、今更、……」

「まだ四十代前半だよ、俺たち。」

「もう、でしょう？　とにかく、今日は無理。……ちょっと待って。」

息吹の誘いは強引ではなく、それは以前と変わらなかったが、しかし、以前のように諦めるということがなかった。

元々、絵美はセックスがあまり好きではなかった。出産後、自然とセックスレスになり、必然的にキスもしなくなっていて、息吹も、もうそのことについては何も言わなくなっていた。不倫の経験も一度しかなく、それも一回きりだった。息吹のそういう関係については、詮索しないことに決めていたが、心の内では、ずっと不満だったのだろうかと思うと、気が重かった。

絵美は、週末になって、まったく気が進まないまま、拒絶し続けることの方が辛くなってきて、彼の求めに応じた。しかし、一時間半かけて、三度手を尽くして試みたものの、結局、中途半端なかたちで終わった。

苦笑いで紛らせながら、いかにも残念そうな様子で謝る息吹に、絵美は、「まあ、もう歳ってことね。」と慰めた。

彼は、日を改めて再チャレンジしたがっていたが、絵美の方は、これが人生で最後のセックスなのだろうと思っていた。快感が幾度か、訪れかけたのは事実だが、それも束の間で、微かで、それよりも痛みがあり、最初から風前の灯火だった興奮は、何度か休憩を挟むうちに、完全に絶えてしまっていた。

薄暗がりの寝室では、ベッドサイドのランプの飴色の光だけが二人を照らしていた。

彼の傍らで夏布団にくるまりながら、絵美は、「最初のセックス」は、生涯、記憶されるものと思われているが、「最後のセックス」はどうなのだろうか、と考えた。「最初のセックス」の相手は、間違えば取り返しがつかないほど大事だと、未経験の少女の頃は信じていたが、今となってみると、ほとんど思い返すこともない、割とどうでも良いような記憶だった。「最後のセックス」の相手は、「最初のセックス」の相手よりも、断然、尊いのではあるまいか？　彼女はそれが息吹であることを、やはり運命論的に、少しふしぎな気持ちで考えた。そして、そのことを幸福だったと思った。

息吹は、すっきりしていないはずだったが、仰向けのまま、全身が透明に澄んだ水を湛えているかのような恍惚に浸っていた。そして、それがそのまま溢れ出してしまったかのように、喉元から何か妙な音が聞こえた気がして見上げると、なんと涙を湛えているのだった。

「……大丈夫？」

「ああ、……うん。」

それから寝物語で、悠馬の受験の話をしばらくした後、息吹はまた、かき氷屋が満席だった話をし始めた。絵美は、その話にそろそろウンザリしていて、ほとんど聞き流していたが、先ほどの涙のことが気になって、ふと、何かおかしいという感じがした。

もっと早く気がつくべきだったが、夫の様子は、どう考えても尋常ではなかった。

彼女が、俄かに兆した不安とともに考えたのは、こういうことだった。――つまり、夫のガンは、もっと酷い状態なのではあるまいか、と。

一旦、疑念が湧き起こると、彼のこのところのおかしな様子に、すべて合点がいくようだった。彼女は急に心拍が速くなって、今し方、脳裡を過った「最後のセックス」という言葉を反芻した。それは既に、もっと痛切な意味を帯びつつあった。彼自身が、そのことをはっきり意識しながら自分を誘ったのではなかったか。

一言、尋ねてみれば良いことのはずだった。しかし絵美は、幸福そうに天井を見つめる夫の横顔を盗み見しながら、その夜は、どうしても口を開くことができなかった。

*

息吹はジムで、自分がかき氷屋にいたことを思い出して以来、その記憶が日に日に前後に延長されてゆくことに戸惑っていた。過去に関しては、今の息吹と完全に共有している。ただ、あの日から分岐した自分の姿が、まるで実際に経験したかのように、ありありと想像されるのだった。

かき氷屋に入ることが出来、宇治金時を食べた彼の日常には、一見、何の変化もなかった。ただ、マクドナルドで隣の会話を耳にすることもなく、従って、大腸内視鏡検査を受けるきっかけを取り逃がして、その体内では、刻々とガン細胞が増殖し続けているのだった。

息吹は、ネットで調べた大腸ガンの進行図と、自分の目で見たあのグロテスクなポリープの映像とを重ね合わせて、ステージ0の〈上皮内新生物〉が、もう一人の自分の腹の中で、固有筋層にまで浸潤し、静かに、ステージⅠのガンに成長する様を想像して胸が苦しくなった。

ガンとも知らずに、呑気に会社に出勤しているもう一人の自分の一日を思い浮かべた。

当人だけでなく、周りの誰も、彼がガンだとは気づいていない。昼食に、一緒にカツ丼を食べに行き、会社で濃いブラックコーヒーを飲みながら、ウェブサイトのデザイン変更の会議で意見をぶつけ合っている。トイレの帰りに、ぼんやりと窓の外を眺めている。未処理の大量のメールを前にして頭を抱えている。通勤電車で、ステーキの美味しい焼き方の動画を見ている。帰宅後、湯船の湯を大量に溢れさせながら、「あぁ、……」と、バスタブの上に足を乗せて陶然としている。そこに、今日は塾がない悠馬が、「僕も入る！」と裸で飛び込んでくる。……

一挙手一投足が哀れでならなかった。本人だけでなく、気づいていない家族もかわいそうだった。そして、おかしな考えだとは自覚しながらも、何とかあちらの自分にも、検査を受けるように教えてやりたい気持ちになった。息吹は、自分のことをこんなに真剣に心配し、その体を気づかい、優しい気持ちで慈しんだことは、かつて一度としてなかった。

　こんな妄想的な危惧を、どうしても払拭できないのは、あの日、ジムで起こった記憶の逆転現象を元に戻せないでいたからだった。何度振り返ってみても、彼には、かき氷を食べなかった自分より、食べた自分の方が、本当の過去としか思えないのだった。そして、現に自分が、食べなかった自分の続きを生きているという矛盾に頭を混乱させた。

　ところが、そのうちに息吹は、自分が、そのかき氷を食べた方の自分と、時々入れ替わってしまっていることに気がつくようになった。

　例えば、会社の会議中に、ふと身のまわりを眺めて愕然とした。彼はその時、あの日、かき氷を食べた自分と入れ替わってしまっているのだった。それは、決して単なる想像ではなく、肌身で感じる実感を伴うものだった。

　自分は今、あの自分の中にいる。今もまだ、大腸に出来ているガンに気づかず、平然と生活をしている自分の中に。——そうして、向かいに座る上司が、会議の進行に耳を傾けながら、軽度のチックらしく、右目の下を掻き、手を下ろし、もう一度、掻き忘れていた箇所があったかのようにまた目の下に触れ、ついでに口の端を拭ってようやく手を下ろし、また目を掻く様子を観察しているのだった。いや、その観察している自分をこそ、内側から更に観察していた。

　パソコンのキーボードから手を離し、掌を返して、そのふっくらとした起伏と皺の一本一本を眺めた。この体の中では、恐らくもうステージⅠにまで進行したガンが、気づかれないのを良いことに、我が物顔で活発に、ネズミ算的に、本来あるべきではない、プログラミングを間違えた細胞を増殖させ続けている！――そんな絶望的な認識の次の瞬間には、彼はまた、元のかき氷を食べそこない、お陰で無事に〈上皮内新生物〉を切除できた自分に戻っているのだった。

こうした経験を何度も繰り返しているうちに、息吹の中では、かき氷を食べた自分が生きている世界は、一つの実体として受け止められるようになっていった。

何故その世界が実在していると言えるのかという当然の疑問に答えることは、何故この世界が実在していると言えるのかという哲学的な問いに答えるのと同様に困難だった。あちらの世界でも、息吹は、「我思う、故に我あり」としか答えようがなかった。

問題は、かき氷を食べた自分が、そんなふうに、こちらから干渉されていることに気がついていないことだった。

どうすれば、あちらの自分に、ガンのことを教えてやれるだろうかと、息吹は真剣に思い悩んだ。それは、間違った方向に進んでゆく自分のためだけでなく、あちらの世界にいる絵美や悠馬のためでもあった。――悠馬のため。そう、何よりも、悠馬のためだった！

あちらの自分になっているうちに、急いで大腸内視鏡検査の予約をしてしまうことを考えた。せめて、メモを書き残しておくことさえ出来れば！　身に覚えのない病院の検査予約を不審がるだろうか？　まさかあの日、かき氷を食べそこなった自分からのメッセージなどとは思いもよらないだろう。

それでも、自分がマクドナルドの隣の会話だけで検査を受ける気になり、命拾いしたように、せめて携帯で大腸内視鏡検査のページだけでも開いておけば、経緯はともかく、きっと検査を受けるだろう。

問題は、自分がいつ、かき氷を食べた自分になるのかが、まったく予測できないことだった。それは決まって突然で、何のきっかけもなく、ハッとして状況を認識すると、すぐに元の自分へと引き戻されてしまう。

帰宅途中の大江戸線の中で、吊革に摑まって立ったまま、自分がかき氷を食べた自分になっていることに気づいたことがあった。彼は慌てて吊革から左手を離し、携帯をポケットから取り出して、「大腸内視鏡検査」と入力しようとした。まさにそのタイミングで、車体が大きく揺れ、彼はカバンを持っていた右手で吊革を摑みそこね、隣の女性にぶつかってしまった。「すみません。」と謝って、辛うじて体勢を立て直した時には、もう元の自分に戻ったあとだった。……

三人揃っての遅い夕食後、悠馬と風呂に入り、寝る前に模試で受けた社会の問題の見直しにつきあってやった。

「この問題なあ、……これはもう、人口の多い都道府県のベストテンを丸暗記した方がいいよ。」

「覚えれないよ、こんなの。」

「語呂合わせで考えればいいんだよ。東京、神奈川、大阪、愛知、埼玉、千葉、兵庫、北海道、福岡、静岡か。……そうだな、頭文字取ってさ、『等身大、愛妻せんべい、来た！　複製！』とか。はは、どう？」

「余計わかんないよ。」

「そうか？　東京の『東』と、神奈川の『神』、大阪の『大』で、『トウシンダイ』だよ。こういうのは、イラストでも描けば良いんだよ。〝愛妻弁当〟って言葉、あるだろ？　知らないか。愛する妻が作ってくれる弁当だよ。それをさ、ちょっと変えて、『愛《アイ》・埼《サイ》・千《セン》・兵《ベイ》』にしてさ。等身大の煎餅が走って来る絵にしたらいいんだよ。――で、『北《キタ》ーっ』と思ったら、『福《フク》・静《セイ》』だったってオチ。」

「どういう意味？」

「そういう意味だよ。シュールだけどさ、まあ、こういうのは、なるだけ馬鹿馬鹿しいイメージの方がいいんだよ。『等身大、愛妻せんべい、来たーっ、複製！』って、口に出して言ってみ。」

「……『トウシンダイ、アイサイセンベイ、キタ、フクセイ。』」

「ほら、もう覚えただろう？」

「パパも、こうやって覚えたの？」

「これは、今思いついたんだけど、大体そんなもんだよ、受験勉強なんて。そういうふうに語呂合わせで覚えたのは、この歳になっても忘れないよ。年号だってそうだろ？……」

　悠馬が寝てから、自室でネットの動画を眺めていると、ノックして絵美が入ってきた。

「ちょっといい？」

唇を内側に噛み込むのは、彼女が深刻な相談をする時の癖だった。

「どうしたの？」

「うん、……いや、ちょっと、痩せたんじゃないかなって。」

「ああ、そうだよ。わかる？」

「どうして？」

「どうしてって、……あれ以来、食事に気をつけてるから。朝のベーコンも止めたし。」

「ひょっとしてだけど、……検査の結果、本当はもっと悪かったんじゃない？」

「え、何で？」

息吹は驚いて尋ね返した。

「……なんか、様子がヘンだから。もしかしてと思って。」

「誤解だよ。本当にステージ0だったんだから。」

「……本当に？」

「本当だよ。」

絵美は、納得していない様子だった。

息吹は、「誤解」と言ったものの、かき氷を食べた自分が、この瞬間にも体調を悪化させ続けていることを考えると、強《あなが》ちそうとも言い切れない気がした。彼女は、具体的には不明でも、夫が何かで悩んでいることを察しているのだった。そのことに、息吹は心を動かされた。彼は孤独だった。そして、妻に頼りたいという気持ちを急激に募らせた。

アームチェアを、少しだけ回転させて、彼女と完全に正対した。絵美も、何となくまだ話の続きがあるのでは、というふうに彼を見下ろしていた。

「いや、……実はさ、あの時、かき氷屋にそのまま入れて、検査を受けそこなった俺がいるんだよ。今もその世界で、何も知らないまま生活してる。」

「どういう意味？」

絵美は怪訝そうに尋ねた。

「俺にもわからないんだけど、あの時から、世界が分岐してしまって、俺は今、あっちの自分とこっちの自分とを、時々、行ったり来たりしてるんだ。あっちにいるのはいつもほんの数秒間なんだけど。」

「……何喋ってるか、わかってる？　大丈夫？」

「いや、信じられないのもわかるんだけど、……どう説明したらいいのかな？　だから、……かき氷を食べた俺は、まだ自分のガンに気がついてなくて、俺はそれを教えてやりたいんだよ。あっちの俺のためだけじゃなくて、あっちにも、絵美や悠馬がいるわけだから。」

息吹は、気がヘンになっていると思われないために、無理に笑ってみせたが、絵美には、それが一層、不気味に感じられたらしかった。

「真剣に言ってる？」

「言ってる。俺の人生は、あそこで分岐したみたいなんだよ。」

「そんなふうに、想像してるだけでしょ？」

「そう思ってたんだよ、俺も最初は。けど、実際にあっちの世界に行くようになって、やっぱり分岐した世界も存在してることがわかってさ。想像だけじゃなくて、……」

絵美の目は、既に会話をする人の目ではなく、不安を抱きながら観察する人の目になっていた。少し俯いて考え、言葉を選んでいる様子だった。軽く握った手の親指に、時折、力が籠もっては抜けた。

「わたしにはわからないから、一度、相談に乗ってもらう？」

「相談って？」

「カウンセリングとか、……」

「俺は病気じゃないよ。」

「そうは言ってないよ。」

「じゃ、どういう意味？」

「……色々起きてることの整理が必要だと思う。わたしも協力するから。」

「いやァ、なんて言うか、……信じられないっていうのはわかるんだよ。」

息吹は、そもそも妻に理解してもらう必要がある話だったのだろうかと、口にしたことを後悔していた。ところが、絵美はこの時、不意に自制を失い、胸に留めていた言葉の内圧に耐えかねたように、険しい面持ちで彼に言った。

「いい加減にしてよ！　世界が分岐とか、ＳＦみたいな話、……心配してるのよ、わたし。あの時かき氷屋に入ったかどうかって、そこだけが人生の分岐点じゃないでしょう？　他にも幾らだってあるじゃない？　今日、たまたま電車が遅くなって、悠馬を迎えに行けなかったかもしれない世界とか、わたしがたまたま疲れて早く寝て、こんな話をしなかった世界とか、こうして喋ってる間に首都直下型地震が来た世界とか、……それが全部存在してるの？　違うでしょう？　みんな人間の頭の中で作られる仮定の世界でしょう？　実体なんてない。息吹の人生だけでも、偶然の可能性を考え出したら無限なのに、それが世界中の人全員に言えるのよ？　一人一人がみんな無限の偶然の可能性に生きていて、そのそれぞれの組合わせを全部考え出したら、一体幾つ、パラレル・ワールドが必要なの？　悠馬に算数の組合わせの問題、教えてあげてたでしょう？　しっかりしてよ。本当に、心配してるのよ、わたし。」

絵美は目を赤くして、ずっと握ろうとして握りかねている手を震わせていた。

息吹は、妻がこんなふうに感情的になるのを、これまでの結婚生活で、一度も経験したことがなかった。同情してもらい、相談に乗ってもらう気でいただけに、その意外な反応に余計に動揺した。しかし、彼の心は、その彼女の心の震えに共振して、同じように震え出してしまった。自分が病気扱いされていることにも反発した。

「その考え方はおかしいよ。道路だって、理論的にはどこにでも分岐点はあり得るし、その枝分かれする角度も三六〇度、どんな道だってあり得るけど、実際には、限られた箇所で、一つの角度でしか分岐しないだろう？　それと同じだよ。」

「道路は人が作るものでしょう？　そもそも町があって、その中に。息吹の人生は？　その分岐した世界って、どこにあるの？　異次元？　毎日、色んなことが起こるのに、誰がこれは分岐点になるけど、これは分岐点にならないなんて判断して決めてるの？　ＳＦなら作者よね？　だけど、息吹の人生に作者はいないでしょう？」

息吹は、絵美のその主張に、咄嗟にうまく反論できなかった。しかし、直感的には、その理屈は、観念的に考えすぎているように思われた。道路を例に出したのはまずかったが、川だったらどうだろうか？　やはり、分岐すべき場所で、自然と分岐しているのではないか？　そう口にしかけたが、絵美は、彼の反論を聞きたがらないように、それを制して続けた。

「大腸ガンだって、ステージがあるでしょう？　どの段階で検査で発見できたかで違うでしょう？　ステージⅠの自分、Ⅱの自分、Ⅲの自分、Ⅳの自分って、……全部見てきたの？　そのそれぞれの世界が幾つもあるの？」

そこまで言うと、絵美は自分の語っている話の馬鹿馬鹿しさに、いよいよ耐えかねたかのように、頰を紅潮させて言った。

「いい？　震災だって、起きたか起きなかったかじゃない。あの日あの時、起きたか起きなかったかよ！　地震が起こるのが一日遅れてても、一日早くても死なずにいた人がいたし、死んでしまった人もいた。一時間、違ってても！　お父さんだってそうよ！　一時間地震が来るのが遅かったら、高台まで逃げて行けたんだから！　あの地震がいつ来たか、一秒刻みでパラレル・ワールドがたくさんあって、その全部にお父さんがいて、生きてたり死んでたりするの？　いい加減にしてよ！　ねえ、息吹？　いい？　世界は一つしかないの。ここよ、ここ！　その現実の中で、息吹はラッキーだったんでしょう？　いいじゃない、じゃあ！」

絵美は、「ここ」という言葉を、殊の外、強い身振りで訴えて、指輪をしている左手の指の腹で目を強く拭った。そして、嗚咽を堪えて息吹を見ていた。涙が溢れてきた。

息吹は、妻の唐突な憤りの正体をようやく理解し、言葉を失った。彼女の父親は、気仙沼で津波に呑まれて亡くなったのだった。それは、彼が最も注意深く扱ってきた彼女の悲しみであるはずだった。

絵美はそのまま、突き放すように、息吹の部屋から出て行った。

息吹はあとを追おうとした。しかしその時、彼は自分が、またしてもかき氷を食べた自分になっていることに気がつき、狼狽した。時間が一気に進んでいて、自覚症状から、大腸内視鏡検査を受けたあとだった。

それは、彼が妻にステージⅣまで進行したガンが、既に肝臓と肺に転移していることを告げた夜だった。

彼は、死の恐怖に打ちのめされていた。あの日、かき氷屋に、たった一つ空席があったばかりに、マックの隣の席の話を耳にしそこなった不幸な自分。……

普段と違って、自覚してからも、なかなか元の自分に戻れなかった。彼は恐くなった。このまいつまでも、かき氷を食べた自分のままでいることになるとしたら！　恐慌を来たし、立ち上がりかけて思い直した。動くと元の世界との紐帯が断たれそうな気がした。ただじっとしたまま、身悶えするほど激しく、戻りたいと祈り続けた。

＊＊

あの日の深夜の口論以降、息吹の口数は少なくなり、悠馬が夏休みの夏期講習で留守になる週末には、よくベランダに椅子を出して、一人で花も咲いていない観葉植物の緑を眺めていた。夫婦の間に具体的な和解があったわけではなく、ただ、用事の度に少しずつ言葉を交わして、曖昧に普段のやりとりに戻っていたが、お互いに、あまり笑うことがなかった。

悠馬は心配して、こっそり、「パパとママ、今、ケンカしてるの？」と尋ねてきた。何の旅行の計画もない夏休みは初めてのことだったが、我慢しているのか、悠馬がそのことで不平を言うことはなかった。六年になる来年の夏は、旅行は無理だろうと話していて、夏休み前には、どこかに行きたいと言っていたのだったが。――

絵美は、夫の精神状態を心配していて、理詰めで説き伏せようとし、挙げ句に声を荒らげてしまった自分の態度を後悔していた。そのせいで、悩みを打ち明けてくれなくなることをこそ怖れた。

典型的な症状とも思えなかったが、彼女は漠然と、中年の鬱の兆候ではないかと考えていた。しかし、ネットで「ミドルエイジ・クライシス」について検索していると、関連して、「妄想性障害」など、もっと難しい病名も出てきて、いよいよ不安が膨らんだ。

信用している年上の友人に相談したが、その最中に、年甲斐もなく、週末のランチのレストランで泣いてしまい、息吹もそうだが、一度、絵美の方こそカウンセリングを受けた方がいいと助言された。その通りだった。思い悩んでいる内容が、あまりに荒唐無稽なので、自分の方こそ、夫が奇妙な妄想に囚われているという妄想に囚われているのではないかという気がすることさえあった。

九月に入り、新学期が始まって、ようやく悠馬も学校生活の再開に慣れてきた頃、息吹は、まだ残暑で寝苦しい明け方に、一つの夢を見たらしかった。

「やっとわかったんだ。絵美に言われて、あれからずっと考えてて。確かに俺の言ってること、おかしなところがあるなって。」

「……うん。」

「それで今朝、夢を見たんだよ。夢って言うか、夢じゃないんだけど、初めて夢を通じてあっちの自分になってて。……」

息吹は、夕食を作っている絵美に、今にも崩れ落ちそうな笑顔で、苦しげに言葉を絞り出した。

「俺はもう末期ガンで、手の施しようがないんだ。余命三ヶ月で、今は緩和ケアに移行してる。」

絵美は、またか、という疲れた表情をどうにか堪え、黙って小さく頷いた。病気なのだ、と自分に言い聞かせた。このところ、お互いにその話題には触れないようにしていて、少しは症状も改善したのかもしれないと期待していた。しかし、何も変わっていなかったという事実が、彼女を憂鬱にさせた。

「あっちの息吹が、……ってことよね？」

「いや、……俺自身がそうなんだ。」

「……？」

「人生には、絵美が言う通り、色んな分岐があって、色んな俺が、確かに無数に存在してるのかもしれない。きっと、細胞分裂みたいな感じだと思うんだよ。もう俺が数えきれないくらい増殖してて、中にはガンみたいに間違った人生もあって、……けど、それはわからないよ。俺にわかってるのは、ただ、あの日、かき氷屋に入れてしまったせいで、大腸内視鏡検査を受けそこなって、ガンの発見が手遅れになってしまった俺のことだけなんだ。他の俺のことはよくわからない。考えてみたけど、とにかく、わからないんだ。」

「……うん。」

「それで、今朝、夢の中で、かなり長い時間、かき氷を食べた俺になってて、絵美や悠馬に看病されながら悶え苦しんでて、やっと答えが出たんだ。――いい？　難しいことじゃなかったんだよ。この俺は、その余命幾ばくもない俺が生み出した俺なんだ。こうだったら良かったのに！ってていう俺なんだよ。フツーの若者とかだったらさ、大金持ちの自分とか、女の子にモテまくってる自分とか、色んな、こんな自分になりたい！っていうのがあるよね？　俺はさ、ある日、本当にラッキーな偶然で手遅れになる前に検査を受けて、ギリギリのタイミングで命拾いした俺に、死ぬほどなりたかったんだ。ああ、死ぬほどどって表現はシャレにならないけど、……それで俺は、その苦しんでる俺が生み出した願望なんだよ。」

「……。」

「どういう仕組みかはわからないよ。けど俺は、その俺の願望が実体化されたものなんだ。多分、ヴァーチャル空間で。」

「……『マトリックス』とか、『バニラ・スカイ』とか、ああいうの？　本物は絶望的な状況で眠ってて、良い夢を見てる、みたいな？」

「ああ、そうかもしれない。仕組みはわからないんだ。けど、世の中仕組みがわからないものだらけだし。スマホで使ってるアプリなんて、ほとんどそうじゃない？　それでもみんな使ってるわけだし。この世界は、毎日のように現実がＳＦに追いついて、追い越してるんだから、似たようなＳＦがあるのも、全然、おかしなことじゃないんだよ。スマホだってさ、二十年前はこんな高性能な……。」

「スマホの話はいいよ。……。」絵美は少し微笑してみせながら遮って、出来るだけ冷静に続けた。「……悪いけど、理解できない。息吹はそれでいいのかもしれないけど、じゃあ、わたしは何なの？　わたしにも意志があるのよ。あなたの妄想世界の存在じゃなくて。触ってみたら？　セックスもしたでしょう？　あなたの願望通りに、意志のない仮想現実のわたしが相手をしたんじゃなくて、このわたしが同意してしたのよ。——わかる？　悠馬はどうなの？　あの子もヴァーチャルな存在なの？」

「もちろん、それはさ、俺も考えたんだよ。だけど、それも難しい話じゃないんだ。絵美も悠馬も、もし俺が検査をちゃんと受けて、助かってたなら！っていうこの世界を共有してるんだ、きっと。だって、本当に、心の底からそのことを思うわけだよ。もし早く検査を受けて、早期ガンの段階で切除できてたらって、それはもう、苦しいほどにさ。……緩和ケアを受けてる俺は、もうこんなふうに、立ったまま自由に喋ったりする力は残ってないんだよ。思うことは色々あっても、体がついていかないんだ。俺はますます、ガンに冒された一本のか細い消化管に近づいていってる。肉体も、意志も、願望も、全部、その付属物なんだよ。だから、絵美も悠馬も、こっちの世界で、俺との残り時間を過ごしてる。それはさ、本当はこっちの世界にいる間は、気がつかないはずなんだ。だって、夢ってそういうもんだから。何が起きたって、普通はおかしいって思わないだろ？　これはさ、だから、そういう技術なんだよ。夢を他人とシェアできるような。けど、たまに、夢でも自覚しちゃう人がいるわけだよね。明晰夢って言って。俺はそれが、幸か不幸か、わかっちゃったんだ。だって、いくら何でも、かき氷を食べたかどうかで、俺の生死が変わっちゃうなんて、おかしいよ、絶対。それに、どう思い返しても、かき氷を食べた記憶の方が、マックにいた記憶よりも確かなんだ。それってやっぱり、マックにいた記憶は、あとから作られたものだからだと思う。――正直、そういうのって、気づかない方が幸せだと思うんだよ。けど、わかってからの方が、もっとこの世界の時間に感謝してる。本当に、一瞬一瞬が貴重で、……」

絵美は、身振りを交えて、必死に説得しようとする夫の前で、身じろぎ一つせず立っていた。

夕食の準備で、豚肉を解凍していた電子レンジから、終了を告げる電子音が数秒おきに鳴り続けている。無意識に息を止めていて、小さく、しかし深い溜息が鼻から洩れた。口は固く結ばれたままだった。

　また涙が出てきたが、自分がなぜ泣くのかはわからなかった。悲しいわけでも、辛いわけでもなく、ただどうしたらいいのかわからないという、多分、子供染みた涙だった。

「どうして泣くんだよ？　俺たちは別に、単なる影みたいな存在じゃなくて、元の世界にちゃんと実体があるんだよ。絵美も、その絵美と繫がってるんだから。」

「……じゃあ、息吹はどうなるの？」

「え？」

「あっちの世界では、……」

「あっちじゃなくて、元の世界だよ。」

「……元の世界では、もう死にそうなんでしょう？　死んだら、今わたしの前で喋ってる息吹はどうなるの？」

　息吹の瞳は震え、不思議に快活に破顔して口を噤んだ。一瞬、辻褄が合わなくなって、答えに窮しているように見えた。しかし、今度は、息吹の方が涙ぐみ、頰を痙攣させながら言った。

「そうなったら、この俺も存在できないよ。だって、元の俺がいなくなるんだから。」

「死ぬの？」

「死ぬって言うか、この世界自体がお終いなんじゃないかな。」

「じゃあ、わたしや悠馬は、どうなるの？」

「絵美たちは、元の俺が死ぬ世界に戻るんだよ。俺がいなくなった世界で、悠馬と二人で生きていくことになる。この世界のことを覚えてるのかどうかはわからないけど。」

息吹のこの荒唐無稽な話は、しかしこの時、抗し難い浸透力を以て絵美の体に染み渡っていった。目の前の鍋や皿、包丁、カウンターの上のコーヒーメイカーやクッキーの箱など、目に触れるものすべての現実感が抜き取られ、何かその幽霊めいた幻影を見ているような感じがした。同時に、自分が病院で、死にゆく夫に寄り添っている光景が脳裡に噴出した。そして、肉がすっかり落ち、別人のような姿になった彼に見つめ返されて、先ほどとは異なる種類の涙が溢れそうになった。

彼女は、たとえ一瞬でも自分を呑み込みそうになったその夫の世界観に、本能的に強く抵抗した。そして、頭がおかしくなる、と今にも口にしそうになりながら、その言葉を堪えて、

「とにかく、わたし自身も色々混乱してて、相談したいから、一緒に病院についてきて。息吹じゃなくて、わたしが診察受けるから。状況説明は、息吹にお願いしたい。わたしだと、うまく説明できないから。」と、無駄だと思いながら改めて言った。

絵美は、夫に対する自己防衛的な感情と戦っていた。かき氷云々の話さえしなければ、息吹は何の問題もなく、日々の生活を送ることが出来る。その妄想にせよ、特段、周囲に何か迷惑をかけているわけではない。悠馬にも、かき氷を食べ、最早、余命幾ばくもない自分の話などしていなかった。

ただ、絵美にだけ打ち明け、そのせいで、彼女自身の存在の感覚までもが、おかしくなり始め

ているのだった。

　会社に出勤して、デスクでスラックの処理をしていた時、ふと、病院で独り苦しんでいる夫の姿が脳裡を過り、背中に冷たいものを感じた。その光景は、彼が、「元の世界の自分になった」と言い張っているのと同じように、あまりに現実的で、自分の頭が生み出したものとは到底思えなかった。こうしている間に、彼の容態が急変したらどうしようと考え、呼吸が苦しくなった。

　息吹は、頬の肉が削げ落ちて、顴骨《かんこつ》が薄い皮だけを突っ張らせ、別人のような顔になっていた。酸素マスクをしていて、吐息でそれが微かに曇っている。人間の内側に、慎重に覆い隠されていた死が、生の層が薄くなった分だけ露わになっていた。それは、彼女の想像力を超えていて、医療系の記事か何かで見た誰かの写真なのか、出所がわからないのが不気味だった。それでも、その落ち窪んでしまった目は、確かに息吹に間違いなかった。

　彼が今、本当に死んでしまったら、どうしたらいいのだろうか。――絵美は、自分がどちらの世界で心配しているのかわからない状態で考えた。幾ら何でも若すぎ、夫がかわいそうだった。あんなにかわいがっている悠馬の成長も、ここまでしか見られない。この先、高校生、大学生になってこそ、男同士で話したいこともあるだろうに。生命保険で、悠馬を私立の中高一貫校に通わせることは出来るだろう。しかし、自分一人の給料では、とても今の生活を維持することは不可能だった。

　息吹に言わせるならば、この自分は、絶望的な世界を生きているあちらの――元の？――自分が、束の間、元気な姿の夫との生活を楽しむために、仮想空間の中に作った存在なのだった。この手もヴァーチャル、この眼精疲労もヴァーチャル、この胸の不安もヴァーチャル、……

絵美は自分が、息吹の病的な妄想に、少しずつ浸食されつつあるのを感じた。それはまるで同じ感染症の症状のようだった。あるいは、徐々に体を蝕んでゆき、ステージが進んでいくガンに喩えるべきだろうか。今現在はともかく、既に過去の記憶は、息吹のせいでグチャグチャになりかけている。虚実が入り乱れ、現実の経験だけが持っているはずの特徴が何であるのか、彼女は自信をなくしていた。あの日、彼がそもそもかき氷屋に入れたのかどうかも、今ではわからなくなっている。それというのも、結局のところ、ただ、彼から聞いた話に過ぎないのであり、彼の虚言がいつから始まったのかも定かではなかった。

両親が揃って精神を病んでしまったら、悠馬はどうなるのだろうか？　そうした家庭も、勿論ある。それが不安で、今の状況に抵抗している。しかし、少しずつ、目に見えないところから、自分とこの世界とが崩れてゆくのを感じる。

この世界のこの姿が、ただ、人間の目にこう映っているに過ぎない、というくらいのことは、絵美も理解していた。複眼の昆虫には、まるで違った世界に見えているはずだし、犬には赤が認識できないという話も、最近、耳にしたところだった。リンゴが赤くない世界だってある。人間にせよ、生まれつき近眼の自分は、裸眼の時と矯正の時との世界の違いを知っている。視覚だけでなく、捉え方も違う。それぞれが、自分の勝手な世界の内側に棲息していて、自分以外の生き物の、それもまた勝手な世界と、何故かうまく共存している。

ヴァーチャルな世界では、でも、そんなそれぞれの世界観の違いまでは織り込まれていないだろう。蜜蜂もゴールデン・レトリバーも、同じ世界を共有している。ただ表面的に、すべてがうまくいっている。今の幸福も、何もかも。——

せめて自分だけは、気を確かに持っていなければならない、と絵美はまた、自分に言い聞かせた。自分の方こそ、病院に行くべきだった。

ともかく、あちらの世界では、息吹はもう余命数ヶ月と宣告されているらしい。いっそ、早くその彼が死んでくれれば、と彼女は思った。「元の自分」が死んだはずなのに、まだこちらの世界で生きているとなると、夫も自分の妄想の破綻に気がつくだろう。それは大きなショックかもしれないが、一緒に病院に行けるきっかけになるかもしれない。

しかし、そう願った途端、彼女は鳩尾《みぞおち》の奥に、決して抽象的ではない、刺すような痛みを感じた。それは驚くべきことに、罪悪感のようだった。ベッドで苦しげに息をしながら、彼女を見つめている夫の顔が思い浮かんだ。「どうしてその夫が、早く死ねばいいなんて言えるの？」と、頭のおかしなネットの〝荒らし〟めいた非難の声を聞いた気がした。

自分が、息吹が「元の自分」に戻った時のように、長い看病と、一人でこなす子育てとで疲弊しているのを感じる。——しかし、そうではないはずだった。「わたしは、この世界で、今のこの状況から抜け出したいのだ。」と思い直した。

自分の人生が、こんなおかしなことになってしまうとは、彼女は決して想像していなかった。そんなことを夢にも考えなかった頃に戻りたいと、痛切に願った。息吹の言うような技術があるとするなら、自分が行きたいのは、そういう世界だった。父が津波で死ななかった世界が無限に存在するなら、――もしそうなら、ここではなく、そのうちのどれか一つの世界で生きたかった。

＊

余命三ヶ月という宣告から、既に一週間が過ぎていた。

息吹はもう、自分はいつ死んでもおかしくないのだと覚悟を決めていた。そうして、こちらの世界の人生への愛着はいよいよ深まった。

ただ自由に動くことが出来、絵美の作った料理を食べ、塾に迎えに行った帰り道で悠馬とじゃれ合うことに、無上の喜びを感じた。

毎日出勤しながら、会社の同僚たちは、一体、元の世界からここに参加しているのか、それとも、すべては夢のように、自分が描き出した光景なのだろうかと、ふしぎな気持ちで考えた。彼は、大腸内視鏡検査を受けた病院の看護師が、子供の頃に通っていた「駄菓子屋のおばちゃん」にそっくりだったことに拘っていた。あれは実のところ、「駄菓子屋のおばちゃん」そのものだったのではないだろうか？　夢のように、何らかのシステムの不具合で、自分の記憶の中から、あの「おばちゃん」の姿が引っ張り出されてきて、看護師に宛がわれてしまったのでは？　マクドナルドでビッグマックの匂いを嗅いだ際に、頻りに大学時代の記憶が蘇ってきて、頭の中に氾濫したのも、同じ類いのエラーかもしれない。

どんな技術なんだろうか？　きっと、脳が直接、コンピューターに繫がって、……しかし、どれほどそうした事柄の一つ一つが不合理と感じられようと、そもそもの自分の考えがおかしいのだとは、決して思わなかった。何故なら、元の自分の間近に迫った死の苦痛と恐怖は、圧倒的だからだった。

息吹はもう、骨と皮だけしか残っていない枯れ木のような腕や足でさえ、自由に動かせないほど無力だった。緩和ケア病棟に移り、一ヶ月が経とうとしていた。医師からは、これ以上入院を続けることは出来ず、在宅でのケアに移行するように告げられていた。

眠くて仕方がなく、病院の白い天井を眺めては目を閉じ、開けてはまた眺めた。しかし、その一日とは、この後、三十年、四十年と続く長い時間の中の一日ではなかった。分母は限りなく小さく、ひょっとすると、一分の一、つまり、最後の一日なのかもしれなかった。あるいは、二十四時間分の数時間なのかもしれない。

死とは、この天井が見えなくなることなのだと息吹は考えた。それにしても、この白い無機質な天井が、自分の生がまだ持続していることの確証だとは！……

そうして時折、あの日食べたかき氷のことを思い返した。彼は、かき氷を食べたために死ぬことになったわけではなかったはずだが、いつの間にか、そんなお伽話めいた短絡が生じていた。白雪姫の毒リンゴか何かのように。——それにしても、真夏のような日差しの、蒸し暑い五月に食べたあのかき氷は、美味かった。窓から差し込む光に照らされて、その氷の粒の一つ一つが虹のように美しく煌めいていた。

絵美は、あまり感情を露わにせず、付き添いで身のまわりの世話をしてくれた。悠馬は、病床から夢みられた世界よりも少し年齢が上で、もう中学の制服を着ている。父親の闘病の傍らで、受験には成功したらしかった。しかし、どうしてだか、絵美ほど頻繁には会いに来てくれない。

「……悠馬は？」

「うん、……今日は、どうしても友達と約束があるんだって。」

「そう、……じゃ、仕方ないな。……友達と遊ぶのが一番だ。」

息吹は、元の自分では、もうあまりものを考える力もなかった。しかし、こちらの世界に戻ってくると、その記憶を、ステージ0でガンを取り除いた、まったくの健康な体で辿り直すことが出来た。

悠馬とは、勉強の合間に、よく公園でサッカーボールを蹴って遊んだ。仲の良い親子だと信じていたが、これも、死ぬ間際の願望が作り出した光景なのだろうか？　長く患っていたせいで、距離が出来てしまったのか、それとも年頃なのか。自分自身の少年時代を振り返って、結局のところ子供であり、人間の死が何であるのか、まだよくわかっていないのだろうという気もした。

自分の死後、息子は悲しんでくれるだろうか、というのは、思いついた時には愚問と思われたが、もしさほど悲しむこともなく、父親の死をやり過ごせるのであるならば、その方が幸福だろうと考え直した。

絵美には、元の世界の存在を伝えたが、悠馬に言うつもりはなかった。システム自体はまだ不安定なようなので、何かのエラーで、この世界での経験が、元の世界の記憶にも残る、ということがあるかもしれない。さもなくば、すべては夢のように儚く消えてしまうのだろうが。しかし、覚えている夢もある。断片的であったとしても。……

息吹はもう、絵美にさえ、元の世界の話をするのは止めた。せっかくの貴重な時間を、彼女との喧嘩に費やすのは愚かだった。彼女の方も、病院に行こうとは言わなくなった。二人の関係は、表面上は元に戻っていた。

その日は日曜日で、悠馬が今年の夏は一度もかき氷を食べなかったというので、四時頃から、近所に三人で食べに出かけた。うどん屋だが、夏はかき氷も出しているのを以前から知っていた。猛暑が続いていて、例年よりも長くかき氷を出しているようだった。

五年生になって、土曜日にも塾の「理解度テスト」を受けなければならなくなると、以前のように、週末に家族で外出する機会も減ってしまった。空いている時間は、悠馬もこのところ、クラスメイトと遊びに行くことが増えて、親離れしつつあるのを感じる。お陰で家でゆっくり休む時間が増えたが、久しぶりに親子三人で歩いていると、もっとこうした時間を持ちたかったと惜しむ気持ちが強かった。

ネットで予約して行ったので、店では待つことなく、すぐに席に通された。四人がけの木製の四角いテーブルで、拭いたばかりらしく、少し水気でべたついていた。

時間が時間だけに、かき氷目当ての客ばかりだった。

悠馬はイチゴを、絵美はマンゴーを選び、息吹は宇治金時にした。

待っている間に、悠馬が言った。

「――ねえ、パパ、一円玉作るのに何円かかるか知ってる？」

「え？　知らない。……一円？」

「ブブー、残念。三円でした。」

「そうなの？　塾で習った？」

「違うよ。雑学。」

「雑学！　はは。」

「じゃあね、ちょっと待ってよ。ちょっと、……」

悠馬は、背負ってきたリュックの中からタブレットを取り出し、素早く人差し指で操作した。慣れたものだなと、息吹は今時の子供に感心した。

「あ、見ちゃダメだよ。」

開かれたファイルには、「雑学事典」というタイトルがつけられていて、「①　1円玉を作るのには3円かかる。」「②　自動販売機のボタンを同時に二つ押すと左が出てくる。」「③　活火山が一番多い都道府県は東京都。」……といった項目が並んでいた。

「雑学事典か。すごいな。自分で作ったの？」

「そうだよ。ダメだよ、見ちゃ。いい？　じゃあ、……」

悠馬は、画面をスクロールしながら、どれにしようかと考えていた。

「あ、じゃあ、いい？　数学的には、新聞紙を何回折りたたむと月にまで届くでしょう？」

「え、そんなに折れないだろ？　せいぜい、八回とかじゃなかった？」

「数学的には、だよ。何回？」

「難しいな、……千回。」

「ブー、四十二回でした！」

「たったの？　本当に？」

「本当だよ。」

「へぇ、……雑学だな、まさに。——知ってた？」

絵美に尋ねると、ぼんやり考えごとをしていたふうだったが、微笑して、「知らなかった。」と首を横に振った。

悠馬は得意げに、更に問題を二つ出した。


かき氷は、ほどなく出てきた。絵美のマンゴーのソースは濃厚で、果実だけでなく、胡桃入りの生クリームも載せてあった。

「……食べられるかしら？　生クリームはちょっと余計よね。」

悠馬のイチゴのかき氷は昔ながらだった。息吹の宇治金時も、円錐型のよく見る格好で、あの日食べたのとは、まったく違っていた。

特に避けていたわけではなかったが、息吹はあれ以来、かき氷を一度も食べていなかった。来る途中でそう言ったので、絵美も、彼の様子をそれとなく窺っていた。

うまく餡と一緒に一口目を掬おうとしたが、やはり少し崩れてテーブルに落ちてしまった。粒あんの皮を噛みしめながら、舌の上で氷が冷たいまま融けてゆくのを感じた。抹茶のソースは苦みがなく、ただ甘いばかりだった。

これは、現実ではないのだろうか、と息吹は考えた。この感覚は、記憶の中のあのかき氷よりも不確かだろうか？——しかし、恐らくは舌で感じているのではなく、脳が直接、刺激されているのだった。そういう技術は、きっと元の世界では既に発展しているのだろう。だから、宇治金時というと、こんな平均的な味にしかならないのだ。あの日食べた、あの美味な、現実のかき氷とは違って。……

それでも彼は、このかき氷を食べ終わる頃には、時間がまた、あの日に戻っているというような、やはりお伽話めいた期待を抱いた。僅か四ヶ月ほどのことだったが、これほど自分と自分の住んでいる世界を愛おしんだことはなかった。

「パパ、白玉一個ちょうだい。抹茶があんまりついてないところ。」

「ああ、……いいよ。あんこは？」

「ちょっといる。」

息吹は絵美に、

「その生クリームの部分、残すなら食べるよ。」と言った。

「え、食べるの、これ？」

絵美は呆れたように笑って、器を差し出した。

「宇治金時も食べる？」

「うん、じゃあ、ちょっと味見。」

絵美は、零れないようにそっとスプーンで掬うと、口に運んで、「まあ、普通ね。」と言った。

「普通だね、ここのかき氷は。」

店は混み合っていて、隣のカップルは、大学のクラスメイトの噂話をしていた。

息吹は気がつけば、随分とかき氷を零してしまっていた。黒いテーブルの上で、それらは既に融けてしまって、小さな緑の雫になって木肌に滲んでいた。

＊＊

家族でかき氷を食べに行った翌日の月曜日の朝だった。

絵美は、家の中があまりにしんと静まり返っていることに、却ってハッとして目を醒ました。寝過ごした気がしたが、携帯を手に取ると、アラームが鳴るまであと三分ほどあった。安堵して息を吐くと、固い音の大きな心拍を感じた。

何か夢を見ていた。しかし、慌てて起きたせいで、驚いた小動物のように跡形もなく逃げてしまい、振り返っても何も覚えていなかった。

リヴィングに行くと、普段なら先に起きて朝食を作り始めている息吹の姿がなかった。

悠馬はもう起きていて、ソファでテレビの情報番組を見ていた。

「おはよう。早いね、今日は。」

そう一声掛けてから、彼女は三人分のクロワッサンを焼き、息吹を起こしに寝室に行った。彼が寝坊するのは珍しかった。

「おはよう。朝よ。」

ノックしてドアを開けると、暗い部屋には、人の気配がなかった。窓からは、カーテン越しにうっすらと光が洩れている。

電気を点けると、ベッドに息吹の姿はなかった。掛け布団が、いつになくきれいに整えられている。

今日は、早く出勤すると言っていただろうか？

首を傾げながら、絵美は部屋を見渡した。掃除をしたらしく、棚も机の上もきれいに片づいている。ハンガーラックに近づいて、しばらくそこに掛かっているシャツを眺めていた。何がどうとは言えないが、何となく違和感があった。

リヴィングに戻ると、悠馬はまだ、ぼんやりとテレビを見ている。

「ほら、パンが焼けたから食べて。お皿、自分で出せる？」

悠馬は、メジャーリーグの結果を伝えるコーナーを横目に、徐に立ち上がった。

「――パパは？」

絵美がそう尋ねると、悠馬は無言で振り返った。そして、じっと母親の顔を見つめた。

「何？　パパ、もう会社に行っちゃったの？　今日、早いって言ってた？」

悠馬は、口を閉じたまま、その場に立ち尽くしていた。瞳が揺れている。そして、辛うじて、

「――え？」とだけ発した。

絵美は、その音にもなりきれない声に眉を顰めたが、体には既に幾重にも戦慄が広がっていた。

「――え？」

彼女も思わず、同じ声を発した。

悠馬は不安げに母の顔を見つめたまま、「……パパ？」と尋ね返した。

鏡と自画像

「……従って、凶悪事件を起こした犯人に注目し、その家庭環境、職歴、友人関係、経済状態などの分析を通じて、どうすれば止められたのかを議論するよりも、実際には犯行に及ぶことがなかった人たちに、なぜ踏み止まることが出来たのかを聞き取り調査する方が、犯罪抑止の観点からは有意義ではないかと、私たちは考えました。繰り返しますが、そのような調査は、本書以前には皆無でした。」——『起きなかった事件の証言』「はじめに」より辛くなると、痛み止めを飲むように「計画」のことを考えた。するとその間だけは、少し心が楽になった。

以前なら、自分一人で方をつけることを考えたが、一度試みて失敗してからは、その苦しみの記憶を、半ば無意識に忌避するようになった。死よりも死の苦しみを恐れる人が多いのは、尤もだと思う。

死刑になりたいという願望は、最初は、間違えて届いた手紙のような感じがした。まったく身に覚えがなかったが、しばらくすると、そうでもない気がしてきた。一種の発想の転換だった。そのチャンスは、成人になってさえいれば、学歴にも年齢にも関係なく、実は、誰にでも開かれている。今の時代に、そんな平等もないだろう。

それから、漠然と国家という存在のことを考えるようになった。それが自分を殺すというのは、どういうことだろうか。

倫理の授業で『リヴァイアサン』という昔の本の表紙を見たことがある。山の向こうから、剣と杖を持った王様みたいなのが、ぬっと姿を現しているのだが、よく見るとその体は、無数の人間によって作られているのだった。死刑というのは、多分、その体の一部の気持ちの悪い部分を毟り取って、指で潰して捨てるようなことなのだろう。

国家が、それで何か、いいことでもしたような気になっている様を想像すると、何とも言えないおかしさに駆られて、しばらくは、思い出し笑いの発作に苦労した。それから、堪えた分だけ気持ちが荒んだ。

自分が絞首刑に処される様子を、出来るだけグロテスクに想像した。誰にとっても、虫唾が走るほど不快であってほしかった。

もちろん、最初はただ、そんな妄想を、人知れず弄んでいただけだった。しかし、観念というのは、冗談の通じない人間に似ていて、いつの間にか、こちらの本気を信じ込んでいるのだった。そうして最初は、中身が空っぽの手紙のようだった願望は、しきりに具体化されたがり、「計画」を促すようになった。

それにしても、死刑になるためには、どうすればいいのか？

新宿区役所に行って、受付で相談することを考えた。あそこは、立地もさることながら、中も本当にカオスで、色んな人が色んな悩みを打ち明けに来ている。

「――ご用件は？」

「死刑になりたいんですが、……」

「死刑ですと、どなたか三名、殺していただかないと申請を受けつけられません。」

「三名ですか？」

「三名以上です、失礼しました。担当者にもよりますが、二名だと申請が通らないことが多いですので、三名以上が確実です。」

「そうですか。……誰を殺すべきでしょうか？　それによって、人数に違いがありますか？」

「誰でもいいです。死刑の場合、人数が重要ですので。申請の受付は、そのあとになります。」

想像の中の新宿区役所職員は、てきぱきとそう答えた。女性で、とても仕事が出来る感じだったので、中田さんという名前にしておいた。

見ず知らずの人を殺して、「誰でもよかった」などというのは理不尽だと思っていたが、死刑という目標があるなら、突飛な考えでもないのだった。とにかく「誰でもいい」から三人以上殺さないといけない。

「計画」について、具体的に考えるようになって、気がつけば、日々の生きる縁《よすが》になっていた。あと何十年か、このお陰で生きていけるのではないか、と思えるほどに。しかし、それも難しいだろう。どんな事件が可能かを考えると、自尊心が高められ、優越感を覚える。そういうことは、所詮はいつまでも胸に仕舞っておくことはできまい。表現意欲に駆られてしまうからだ。

一方で、人を殺す想像には痛みがあった。注意深く考えてみたが、人を殺したいと自分から思ったことは、今まで一度もなかった。殺しかけたことはあるが、それは意図しないことで、はっきりと不快だった。しかし、その痛みは、どちらかというと、自分の側にあり、殺される人間の痛みを想像しているわけではなかった。

「計画」は、その痛みが鋭くなければ、何の癒やしにもならず、また恐さもあったが、実行まで維持されるためには、耐えられるものであるべきだった。いずれにせよ、死刑制度を利用するためには、法律と司法の規定に従うより他はないのだから。

少年時代から、出来るだけ、この世界をぼんやりと、五感に強く響かないように感じ取る術を身につけてきた。さもなくば、一瞬たりとも生きてはいられなかった。しかしそのせいで、生きるということは、死とそれほど変わらないような気もしてきた。

「中田さんへの相談」(鏡に向かって練習)

私の実家は、地方の小さな工務店で、中学生の頃までは裕福でした。うちよりも、本当はもっと金持ちの家もありましたが、そういう友達の親は品が良く、子供を正しく育てていて、見せびらかすような金の使い方はしませんでした。私の両親は、低学歴がコンプレックスの下品な小金持ちでした。

私は、二人兄弟の次男ですが、グレて問題ばかり起こしていたのは兄の方です。けれど、なぜか父をイラつかせ、嫌われていたのは私の方で、母も露骨に兄の方をかわいがりました。多分ですが、私は予定外の子供で、最初から育てるのが面倒くさかったのでしょう。

とにかく、親から褒められたという記憶が、ただの一度もありません。本当に一度もです。兄がテストで七〇点でも獲ろうものなら、二人とも大喜びで、五千円もこづかいを渡すのです。だから、私が九三点を獲った時には、さすがに褒めてもらえるんじゃないかと胸を躍らせて、走って帰宅しました。専業主婦の母は、居間のソファでテレビを見ていましたので、「お母さん、テストで九三点とった！」と声を掛けました。しかし、母はこちらを振り返らずに、無表情のまま、「……そう。」と言い、テレビの音量を大きくしました。私は、見せようと思って手に持っていたテストのプリントをどうしたらいいかわからず、そのまま立っていました。やがて、母は険しい顔で、「何？」とこちらを見ました。それでようやく、私は、「ううん。」と気にしていない素振りで、自室に引き下がったのでした。

夕食時に、私は父にもテストの結果について話しましたが、父も最初は無視していて、それから、「嫌味かオマエは。××（兄の名）より、ボクの方が頭がいいですアピールか。どういう性格しとるんか。人を見下して。キショク悪いぞ、オマエ。」と言いました。

私の兄は、こういう時に、咄嗟に泣き出すことができるような人間でした。すると、今度は母がヒステリックに怒り始め、「そこまで言うなら、答案をもってきなさい！」と怒鳴りつけ、私の手からプリントをひったくると、五問ある漢字の書き取り問題で、たった一問、間違っていたことをしつこく責め、兄に謝罪をさせました。

私が努力の価値を信じないのは、一度、人から嫌われると、何をどうがんばっても、好かれるということが決してないからです。すべて裏目に出ます。家にいる間、私は、今日はどんな理由で、いつ二人が怒り出すか、そればかりを考えて怯えていました。

状況が更に悪化したのは、中学一年の冬に、父の会社の経理が、横領して金を持ち逃げしてからです。丁度、バブルが崩壊して、不況の波がようやく私の住んでいた田舎町にも押し寄せてきた頃でした。暮らし向きは急に悪くなり、母も外で働くようになりました。会社は、五年後に倒産しましたが、その終わりの始まりでした。

父からは、理由もわからないまま、いつも暴力を振るわれていました。真冬に庭に裸で立たされたり、風呂に沈められたりといったことは何度もあったのですが――それにしても、これは虐待の〝定番〟らしく、どうしてDVの親たちは、判で捺したように同じことをするのでしょう？――、酒浸りになってからは、いよいよ日常的になりました。

母は病気でした。泣いたり喚いたり、感情の起伏が激しく、やはり私をよく叩きました。母の場合は、決まって顔を平手打ちにするのです。

私は、左手の薬指と右腕、それに多分、肋骨を一回、骨折していますが、虐待されていることは、誰からも気づかれませんでした。私自身が隠していたせいもありますが、父は兄が六年生の時には、ＰＴＡの会長をしていたくらい、外面のいい人でした。

中学三年の時、私は、酔っ払って部屋に入ってきた父を、セロハンテープの台で殴りつけました。それが手近にあった一番重たいものだったからです。二キロくらいある、事務用の金属製のものでした。父は慌てふためいて、その場に尻餅をつきました。私は続けて、父をその台で殴り続けました。父が顔と頭を庇っていたので、あまり当たりませんでしたが、足を摑まれたので蹴って踏みました。父は小柄でしたので、この頃には、もう私とあまり背の高さが変わらなくなっていました。

私は一切手加減しませんでした。自分が父にされていた経験から、人間はそんなに簡単には死なないことを知っていたからです。しかし、それは誤解で、運がよかっただけかもしれません。

それに、私は長く続いた虐待のせいで、この世界をただ、ぼんやりと感じ取る能力を身につけていました。何があっても、何をされても、感覚器官を麻痺させて、世界から距離を取るのです。最初は難しくて、私はいつも自分に、「もっと鈍感にならないといけない。鈍感にならないといけない。……」と言い聞かせていました。成人になってから、私はしばらく精神科に通院していましたが、そこで処方された薬の効果が、まさに私が、我流で会得したこの〝世界をぼんやりと感じ取る〟ことそのものだったので、やはりと思いました。

父は最初、「オイッ、やめろ！」と強気で声を挙げていましたが、蹴り続け、踏み続けている私に、「すみませんでした。……勘弁してください。」と言いました。私は、謝られたこと以上に、その文言に衝撃を受けました。父は子供の頃に、恐らくリンチされて、そうやって赦しを乞うた経験があるのでしょう。

私が手を止めたのは、反撃される恐怖がなくなったからでした。向かってくると思えば、動かなくなるまで殴り続けたと思います。蹲って、顔を伏せたまま謝罪する父を見ていて、私は自分が、どんなにつまらない人間から生まれてきたのか、その実体に辿り着いた気がしました。いやな気持ちでした。

その日、兄は家にいなかったのですが、母はただ、「やめなさい！」と泣き叫んでおたおたしていました。私は、部屋を出て行く時に母を突き飛ばしました。

父は額に大きな瘤を作り、前歯が折れて口から血を流し、鼻を骨折しました。あと、決して私に言いませんでしたが、多分この時に、左目があまり見えなくなったようです。しかし、両親は警察に届けを出さず、以後、私には暴力を振るわなくなりました。

同じ屋根の下で、私は両親とも兄とも、完全な他人として生活するようになりました。三人とも私の暴発を恐れ、気味悪がっていて、何度かは殺す相談もしたかもしれません。これは、私の被害妄想かもしれませんが、夜中に誰かが——恐らく父が——私の部屋の前にじっと立っているような気配を感じたことがあります。

それでも私は、地元の公立高校に入学し、父はその費用を出してくれました。息子が中卒だと恥ずかしかったからです。

愛されたい、という期待さえ諦めてしまえば、すべては簡単なのです。——私は、自分が悪いことをしたとは思いませんでした。我慢に我慢を重ねて、追いつめられた人間が、最後に復讐のために相手をぶちのめすというのは、どんな映画でも、マンガでも、絶対に善い《いい》こととされているからです。

陰惨な家庭に育ちましたが、小学生の頃は、出来るだけ明るく振る舞っていました。「計画」実行後に、マスコミが当時の同級生にインタヴューをしたなら、きっとそう言うでしょう。私は特に足が速く、体育が得意でしたから、一目置かれていました。体育ほど、その後の人生で何の役にも立たないくせに、子供を優越感でのぼせさせたり、劣等感で苛んだりする科目もないものですが。

ただ、あれだけ酷いことをされていた割に、自分では、虐待されているという意識を、あまりはっきりと持っていませんでした。そもそも当時、私の育った町では、教師の体罰も酷いものでした。強いて言えば、自分の家庭を恥ずかしく感じていて、周りに知られたくないと思っていました。

五年生の三学期、クラス替え前に、将来、有名になりそうな子のサインを集めている女子がいました。あまり親しくはなかったのですが、彼女は自由帳を開いて、私のところにもサインを求めにきました。私は、その真っ白なページが眩しかったことを今でも覚えています。他の子は、芸能人を真似たようなサインを面白半分に書いていましたが、私はただ、テストの答案に書くように、普通に名前を書きました。ささやかな逸話ですが、実は小学校の六年間で、私が一番嬉しかった思い出です。

未来を夢見ることは、あの頃、確かに救いでした。私の少年時代は八〇年代で、未来は明るいと決まっていたので、大人たちも、夢を持てだの、努力は必ず報われるだのと、子供たちを煽りに煽っていました。自分たちの成功に酔っていたのでしょう。最初から不況のどん底に生まれた後の世代とは、そこが違うと思います。

小学校は、総じていい思い出です。ところが、中学に入ると、急にいじめられるようになりました。理由はわかりません。多分、私のカラ元気は、ちょっと浮いていたのでしょう。中学には、地元の三つの小学校の出身者がいましたが、私は、他所の学校から来た子供たちから、何となく「うっとうしいヤツ」ということにされて、そのうちに、無視をされ、持ち物を隠されたり、壊されたり、捨てられたりするようになりました。実家の凋落は噂になっていましたので、子供たちも嘲笑していました。

その頃から、私はずっと、自分がパラレル・ワールドに足を踏み入れてしまったような感じがしていました。なぜ、自分がそれほど人に嫌悪感を抱かせてしまうのか、理由がわからなかったからです。最初は家族だけでしたから、家族が悪いのだと思っていました。ところが、学校でもそうなってしまいました。話し方のせいだろうか、見た目のせいだろうか、……と考えられることは一通り考えました。しかし、結局、何かの間違えで、そういう世界に放り込まれてしまったのだと考えることが、一番、しっくりきました。

家でも教室でも、自分自身が風景の一部であるように努めていました。透明になりたいというのではなく、その場にいて、ただそっとしておいてもらいたかったのです。そして、本当の自分は、どこか別の世界で、あの小学校の頃の快活だった自分のまま、中学も楽しく過ごし、クラスメイトの女子が期待した通り、何かで有名になって、本当に人にサインをせがまれるような華やかな生活をしているのではと空想していました。

　高校を出てから、しばらく飲食店のチェーン店で正社員として働きましたが、四六時中、上司に罵声を浴びせられ、法外な長時間労働を強いられて、体調を崩してしまい、二十代半ばで退職しました。通院していたのはこの頃です。その後は、食品加工工場の派遣などでどうにか喰い繋いできました。

　……こうして話してみれば、どこにでもいるような低所得労働者なのです。私は「計画」を実行するための尤もな理由をずっと考えているのですが、……ないんです。いえ、私にとっては、十分すぎる理由なのですが、これでは死刑の申請は審査に通らないのではないでしょうか。

　私の世代にも、成功者はいます。彼らとの距離は、年々開く一方です。残りの人生を考えれば、結論が出るのが早すぎで、そうなると、残りの人生の方こそが長すぎるように思えるのです。

　一度だけ、私は就寝前に、気が触れたように泣きじゃくって、「助けて、助けて、助けて、……」と唱え続けたことがあります。その言葉が、繰り返された果てに、何かに触れるような気がしました。私は、神も仏も信じない人間です。死ねばあの世もなく、すべては終わりだと思っています。しかしその時は、ひょっとすると、その何かに自分が救われるのではないか、このパラレル・ワールドから抜け出せるのではないかと、一瞬ですが夢見ていました。

　私は、幸福な人たちが、ある日突然、急に全員、死んでくれたらいいのにと願いました。どれほど幸福でも、死ねばさすがにかわいそうで、その時には、自分がまだ生きているというたったそれだけのことに優越感を見出して、彼らに優しい気持ちになれると思ったからです。しかし、現実的には、先に死ぬのは貧しい私の方です。

心理学では、理想と現実とのギャップを受け容れられない私のような人間の症例を、「幼児性万能感」と言ったりするそうです。あれだけ夢を持てと煽っておいて、よく言うなと思いますが、そうなのかもしれません。もう、何でもいいのです。正直なところ、私は社会と一緒になって、自分自身を嘲笑することに、くたびれ果てているのです。

この世界は、私に何の恩恵ももたらしてはくれません。だから、そんな世界が持続するために、私が協力しなければならない理由はないんです。自分が参加できないパーティの開催費用を、どうして私が負担しなければならないのでしょうか？　自分なりに適応努力を重ねてきました。しかし、死刑の申請を思いついてからは、それからも解放されて心から楽になりました。

私は、最後に国家が腹を決めて、私の存在を認識して、自ら死刑にすることを受け容れたなら、ひょっとすると、感謝さえするかもしれません。やっと気づいてくれた！と。私がこれまでに納めた税金は、せめてそのために使ってほしいのです。

（鏡に向かっての練習、終わり。／取り調べにも、インタヴューにも、応用可。）

その日、僕は、不快な夢を見て目を醒ました。自分が布団の中にいることくらいはわかっている、半分起きているような夢だった。

僕は、不潔な、とても家の中では飼えないはずの動物を内緒で飼っていた。何の動物かはわからないが、茶色い猪のような獣で、顔がどこにあるかがわからなかった。それが、布団に入ってきて動き回っている。ゾッとして、自分から引き離そうとしたが、手に力が入らなかった。無理矢理に押さえつけようとすると、暴れて引っ掻いたり噛みついたりして、痛くはなかったが、僕は傷だらけになり、血塗れになった。

覚醒した時、僕の両目は、嘔吐したあとのようにべたべたになっていた。

きっともう、限界なのだろうと、僕は思った。無性に腹が立った。これは、自分が人生の中で、見るべきではなかった夢だった。早く「計画」を実行していたなら、こんな夢を見なくて済んだだろう。


仕事がない平日だったので、僕は上野公園を一人で散歩して、西洋美術館で開催されていた印象派展に入った。ナイロン製の黒いリュックサックには、重たいサバイバル・ナイフを入れていた。この二週間ほど、外出時に必ず持ち歩いているものだった。

入館できないほどの行列ではなかったが、大変な人混みだった。

僕は昔から、絵が好きだった。現代アートはよくわからないから、アート好きの人たちの会話にはついていけないが、もっと古い時代の立派な油絵を見ていると、少し心が落ち着くところがある。

平日の昼間で、大きなサバイバル・ナイフで刺すには不似合いな高齢の女性が多かった。「計画」を実行すれば、今、自分が生きている世界は一変する。僕は熱を帯びてきた頭で考えた。その瞬間、封鎖されて、行き場を失ってしまう日常の時間が、今のうちに流れてしまおうと、猛然と殺到していた。

モネの『睡蓮』やゴッホの『星月夜』など、有名な風景画を、僕は、人を避けつつ、集中できないまま見てまわった。何度か人とぶつかりそうになり、これから刺殺するかもしれない相手に、「すみません。」と謝ったりした。

無差別殺人の犯人は、犯行現場に印象派展を選び、直前まで絵を見ていた！——これは、何か衝撃的な情報だろうか？　今、館内にいる人たちは、僕の目撃者として、警察から事情聴取をされたり、マスコミから取材されたりするだろう。

「ドガの『浴盤の女』を、直前まで熱心に見てました！　そしたら急に、リュックサックの中からナイフを取り出して、周囲の人を無差別に次々と刺していったんです！」

僕の自意識は張り詰め、その場からどう動けばいいのか、わからなくなった。僕は大体、美術館に来ると、いつもどの順番で、どの壁から見ていくのか迷うのだが、この時は、自分の人生が、次の一歩で決まるような感じがしていた。

ドガの浴室の女の絵は、どれも盗撮的で、画家の存在が、まったく気づかれていない様子だった。絵というのは、そもそも全部そうなのに、ドガは特に、隠れて覗き見している感じがする。

逆だろうか？　他の絵の画家と違って、気づかれそうだからこそ、息を潜めているのだろうか？

　その時、突然僕は、誰かに見られている気配を感じた。そして、左の壁を振り返った。黒い帽子を被って、顔だけこちらに向いている若い男性。——ドガの自画像だった。

　顔の左半分は光を受け、眼にも光沢があるが、右半分は影を帯びて、瞼は心持ち落ちている。鼻柱が、太く高くうねっていて、唇は艶々していて厚ぼったい。うっすらと髭に覆われていて、それが輪郭を形作る背景の影と曖昧に融け合っている。肌には、青年らしい匂い立つような瑞々しさがあった。

　僕は、『自画像　１８５７』と題されたこの絵を知っていた。中学の美術教室の壁に、複製のポスターが貼られていて、その後、それは僕の所有物になった。僕にとっては思い出深い絵で、本物を見るのは初めてだった。


　一つの記憶が、僕を見舞った。

　中学三年の梅雨の頃だった。僕は、美術室の掃除当番を終えて、一人でこの絵のポスターを見ていた。画材を置く棚の隣の壁に、丁度、目の高さに貼られていて、僕は、呼び止められたように立ち尽くしていた。ポスターと言っても小さなサイズで、描かれている顔は、実際の人間と同じくらいだった。

「それ、わたしがロスから買って来たのよ。」

　いつの間にか、背後に美術の教師が立っていた。真ん中分けの髪が、いつもぞんざいに肩にかかっている痩せた小柄な女性で、無愛想なわけではないが、生徒から慕われるということに興味がなく、人気のない人だった。僕の美術の授業の担当だったが、声を掛けられたのは初めてだった。

僕は、この日も朝から、誰とも一言も会話を交わしていなかった。

「ドガっていう印象派の画家よ。バレエ・ダンサーの絵をたくさん描いてる人。知ってる？」

「……いえ。」

彼女は、僕の言葉の続きを待つように、そのまま黙って絵を見ていた。僕もまた絵に目を向けたが、しばらくして、気になっていたことを質問してみた。

「画家の自画像は、どうして真正面ではなくて、少し角度がついてるんですか？」

それに気がついたのは、授業中にレンブラントの自画像を見ていた時で、ドガの絵も同じ角度がついていることに、ふと目を留めたのだった。

「どうしてだと思う？」

「勇気がないから、ですか？」

彼女は歯を見せることなく笑って、「面白いわね。」と僕の目を見た。それからまた、絵に視線を向けて、しばらく考えていたあとで、「そういうこともあるかしらね。」と言った。彼女が僕の言葉について、およそ的外れでありながら、一旦、検討してから同意した様子に、僕は胸が苦しくなった。戸惑いながら、僕は喜びを感じていたのだった。

「……本当は、どうしてなんですか？」

「S君が言ってるのも本当だと思うよ。心理的に、……そうね、勇気がないのかもね。」

それからまた、彼女はしばらく絵を眺めていたあとで、

「〈四分の三正面像〉っていって、ネーデルラント絵画の影響で、この角度で描く伝統があるのよ。だけど、近現代までずっと続いてるのは、……自画像だから、鏡を見て描いてるでしょう？だから、正面にこう、カンヴァスがあって、その横に——この辺に——鏡があって、それに映った自分を描くと、半身になるのよ。」と身振りで示しながら言った。

「ああ、……そうですね。」

彼女の言う通りに、正面にカンヴァスを思い描いて、左手に鏡を置いたつもりで絵を見ると、同じタイミングで振り向いたように、ドガの自画像と目が合った。確かにそれはドガの顔ではなく、鏡に映ったドガの顔の像を描いた絵なのだった。少し霞んだような首許は、多分、昔の古い鏡の曇りなのだろう。

僕は、そんなこともわからない自分の無知が恥ずかしかったが、しかし、その発見には、何か知的な興奮があった。自分の顔を直接描くことはできない。描けるのは鏡に映った顔だけだが、それは同じことではないのではないかと、漠然と感じたのだった。

「自分で描けば、すぐにわかることなんだけどね。」

「先生は、美大に行ったんですか？」

「そうよ。S君は、家で絵を描いたりしないの？　センスあると思うよ。良い点つけてるでしょう、わたし？」

そんなふうに認識されていたことに驚いたが、「いえ、……」とだけ首を振った。そういう才能は、僕にはなかった。

僕はまた、ドガの自画像を見た。というより、彼が描いた鏡の絵を見た。すると今度は、そこに映っているのが、自分の顔であるかのような、ふしぎな錯覚に襲われた。

もちろん、僕はこんなに彫りが深い顔ではなく、髭も生えていない。しかし、似ても似つかないとしても、鏡に映っているならば、それは僕の顔のはずだった。

「自分で描かなくても、美術館に見に行ってごらん。本物を見ると、たくさん発見があるから。」

「……はい。」

「絵を見る楽しみは、一生の趣味よ。」

「趣味があったら、……生きていけるんですか？」

僕の声には、意図せず、詰難するような調子が籠もってしまった。彼女は、一瞬、頬を強張らせたが、すぐに微笑してみせた。

「何か趣味がないと、楽しくないでしょう？」

「先生は、美術が趣味なんですか？」

「そう、……ね。教師だから、仕事でもあるけど。」

「元々、美術の先生になりたかったんですか？」

「元々は、なりたかったわけじゃないのよ。」

「何になりたかったんですか？」

「まあ、……それはいいじゃない。」

中学生が、何の気なしに訊く類いの質問だったが、彼女の声の調子は一変して、冷たく拒絶的になった。そのために、却って彼女の真情に触れた感じもしたが、久しぶりに学校で人と言葉を交わして、結局、相手を不快にさせてしまったことが悲しかった。

筆を片づけて帰る準備をしていると、彼女は、思い直したように僕を呼び止めて、そのドガの自画像のポスターを壁から剝いで差し出した。

「これ、あげるから、部屋に貼って、じっくり研究して。」

「……いいんですか？」

「いいのよ。私が買って来た私物だから。」

「ありがとうございます。」

彼女は軽く頷くと、そのまま美術準備室へと下がってしまった。

帰宅した僕は、彼女から貰ったドガの自画像を部屋の壁に貼って、鏡を覗き込むようにして眺めた。

僕の脳は、ドガの自画像から、ドガ自身の顔を想像するのではなく、僕の顔を思い描こうとしていた。そして、両手で自分の顔の凹凸を確かめた。

それから、僕は自室に持ち込んだA4サイズの鏡で、今度は本当の自分の顔を眺めた。僕の顔は、それだった。ところが、それを見ている僕は、他人の眼差しになっていた。僕は微笑した。

大きく口を開けて声を出さずに笑った。眉間に皺を寄せた。真剣な目つきになった。——一体僕は、他人からどう見えているのだろうか。僕は毎朝、鏡の前で顔を洗い、歯を磨いている。けれども、そんなふうに色んな表情を作ってみたことがなかった。鏡の中の顔の動きは、確かに僕の意志と連動している。それは自分の顔だ。しかし僕は、その印象を、他人のように受け止め、柔和な顔つきをしてみせた時には少し安堵し、剣呑な顔つきになると恐いと感じた。すると、鏡に映っているのは、そんなふうに感じている他人の顔なのだろうか？

「……必ずしも、おかしな考えじゃないと思うんです。世界中のどの鏡を見ても、そこにドガの顔が映っていたなら、僕は、それが自分の顔だと信じると思います。他の人の目には、まったく違う顔が映ってるなんて考えもせずに。」

　僕は、日中、美術教師にうまく言えなかったことを口にした。僕の表情は穏やかで、好奇心に満ちていて、僕の心には、それに対するあの美術教師の優しい反応が、彼女になったかのように生じた。

「S君は、そういうことを考えられる子なのね。絵が好きなの？」

「はい。……詳しくないですけど。」

「詳しくなくてもいいのよ。好きなことが大事なんだから。」

　彼女の返答の言葉に、僕はまた声を出して応じた。僕は表情に気をつけた。僕は他人の目から見て、好感の持てる顔をしていたが、それは他人である僕が映った像なのだった。

それから毎日、僕はドガの自画像を眺め、鏡と向き合いながら、際限もない架空の会話に浸るようになった。最初、僕は鏡に向かって美術教師になっていたが、そのうちに、担任教師やクラスメイト、両親や兄など、色んな人になって、終いには誰だかわからない人間にもなっていた。僕は、誰に対しても率直で、雄弁だった。喜怒哀楽をはっきりと表して、小学生の頃のように快活に笑ったり、泣くまで怒ってみたりした。

頭の中でだけ考えていると、理屈が通らないようなことでも曖昧に押し通してしまう。しかし、声に出そうとすると、考えが整理されていない時には、言葉に詰まる。すると、他人の僕は、自分に対して更なる質問をするのだった。

自分が何をしているのか、僕には自覚がなかったが、ただ、その練習された会話の蓄積は、現実の他人との関係を回復させてくれるのではないかという気がした。

僕は本当に優しく、鏡の中の僕の話に耳を傾け続けた。僕の目は、この時だけはまったくぼんやりしていなくて、出来るだけよく見て、よく考えようとしていた。

そういうことが、二ヶ月ほど続いたある日、僕は学校から帰って、美術教師から貰ったドガの自画像のポスターが、床に破り捨てられているのを見つけた。兄の仕業だった。僕の鏡相手の独り言は、いつの間にか、家族の間で物笑いの種になっていた。

僕は、バラバラになった顔の断片を集めて、修復しようとした。しかし、その無残な有様に、途中で断念した。

僕が父を殴ったのは、その翌日だった。

サバイバル・ナイフを背負ったまま、僕は、そのドガの自画像の実物を見つめた。すると、視界が澄んだ。

印刷されたポスターの方が、油絵の具の細かな凹凸が失われる分、鏡のようだったと思った。実物は、ニスの反射も罅割《ひびわ》れも皮膚のようで、もっと、物質として油絵そのもので、同時に直接的に顔のようだった。それは、絵に描かれた顔だったが、絵が見えている時には顔は見えず、顔が見えている時には絵は見えないのだった。

いつの間にか、僕は、この二十二歳のドガよりも歳を取っていて、かつて遠望された自分の未来は、今では、失われつつある遠い過去の名残のようだった。

僕はその日、「計画」を実行することなく、企画展のグッズ売り場で、この絵の絵葉書を一枚買って帰宅した。ポスターは売っていなかった。

ナイフが入ったリュックを床に下ろすと、ベッドに寝転がって、しばらくぼんやりと、手鏡を見るようにその絵葉書を眺めた。

それから、ふと思い立って、中学時代のあの美術教師の名前をネットで検索してみた。彼女のフルネームを、僕はまだ記憶していた。

検索結果のトップに出てきたのは、転職サイトのインタヴュー・ページだった。同姓同名の別人かと思ったが、取り上げられているのは、間違いなく彼女だった。二年前の記事で、いつの間にか美術教師は辞めていて、今は、ファッション雑誌などのイラストレーターの仕事をしているらしい。

マッシュルームカットを明るい色に染めていて、耳には大きなゴールドのピアスがぶら下がっている。化粧もしていて、歳を取ってはいたが、表情は別人のように明るかった。

インタヴューには、短く編集された動画も付されていた。僕は、パソコンで再生して、転職のきっかけを語る場面に差し掛かって目を瞠った。

――では、職員室での人間関係を除けば、教員生活も必ずしも不満ではなかったのですね？

――そうですね。……ただ、私はやはり、人にモノを教えるのは向いてないと感じていました。美大での挫折があって、表現者としての道は諦めていましたが、美術にそもそも関心のない子供たちを、どういうふうに導いていったらいいのか、いつも悩んでいました。

――転職のきっかけは？

――ある日、美術教室で、男子生徒が一人、ドガの肖像画をじっと見てたんです。あんまり目立つ生徒じゃなかったんですけど、本当に、魅入られたようにその複製のポスターを見ていて。その後ろ姿に、まず、すごく感動したんです。そしたら、その生徒が私に気がついて、「どうして自画像は、正面からじゃなくて、角度をつけて描くんですか？」って質問をしてきたんです。

――角度？

――こう、四分の三くらい体を少し斜めに向けて、顔だけこちらを向いている絵が多いんです、自画像は。鏡を見ながら描くからなんですが、その子は、「自分を正面から見る勇気がないからですか？」って言ったんです。私は、その答えに、ドキッとしたんですね。すごく健気な感じがしたのと、何となく自分のことを言われている気がしたのとで。それから、実際に絵を描く時のカンヴァスと鏡の位置関係だとか、色々説明したんですけど、自分は、この生徒の中にあった、こういう美術への関心を、全然理解できてなくて、今まで引き出してあげられてなかったんだなって思って、落ち込んだんです。やっぱり、教師には向いてないんだなって。

——なるほど。

——そしたら、その気持ちを見抜かれたみたいに、「先生は、何になりたかったんですか？」って訊かれたんです。「美術の先生じゃないことをしたいんじゃないですか？」って。

——鋭いですね。

——本当に。その生徒の顔が、とても純粋だったんです。すごくまっすぐな、澄んだ目でそう問いかけられて、自分の人生が、このまま続いていくのは間違ってるって自覚したんです。……

動画では、彼女がイラストレーターになるまでの具体的な話が続いたが、僕はそこで一旦停止して、しばらく呆然としていた。心臓が、大きな音を立てていた。もう一度、その部分を再生し直すと、彼女の顔を見つめた。

僕は、「美術の先生じゃないことをしたいんじゃないですか？」などとは言わなかった。彼女の自問自答が、多分、記憶の中で、僕の言葉になっているのだった。僕の顔が、そんなに「純粋」で、「澄んだ目」をしていた、というのも、記憶の改竄だろう。あの質問をした時、僕は決して「純粋」でなどなかった。そして彼女は、僕に拒絶的な態度を示した。だからこそ、記憶を望ましいものへと作り替えてしまったのだった。

しかし、逆だろうかとも考えた。記憶を変造したのは、僕の方なのだろうか？

彼女は、僕を鏡にして、自分の顔の上に、一つの自画像を描き出していた。僕が、ドガの自画像を自分の顔のように錯覚するのと同様に、僕に表れた「純粋」さを、自分自身に投影しているのだった。そして、僕はと言うと、画面上で静止した彼女のその顔を、鏡のように見つめていた。僕はそこに、十代の頃の自分自身の顔を見ようとしていた。彼女の明るい笑顔のうちに、その時の自分の「本当に純粋」な顔が現れ、鏡のように、今この瞬間の僕の顔がそうであるという錯覚に浸ろうとしていた。なぜなら人間は、視覚だけではなく、ものを見ているはずだから。……

僕はまた、ドガの自画像を絵葉書で眺めた。鏡のように僕の顔を映していたはずのそれは、今は同時に、美術館で見た本物同様に、決して僕ではないドガ自身だった。

僕はパソコンのモニター上の彼女に向かって語りかけた。

「……鏡の向こう側から、画家に見つめられてる感じもするんです。直接向き合っているのではなくて、鏡越しに。向こう側から見たら、鏡に僕の顔が映ってるんでしょうか？　ドガは自分の顔を描いたつもりで、僕の顔を描いているんじゃないでしょうか？……」

僕は、自分の矛盾した考えに、それ以上、先へは進めなくなった。それで今度は、同じことを、昔のように鏡に向かって語りかけた。聞き手である僕は、元美術教師として、鏡の中の僕を見つめていた。僕は、今の彼女に会って話がしたいのだろうか？　それから今度は、やはり鏡に向かって、新宿区役所の中田さんに、「計画」の延期を伝え、死刑申請で、また一つ出てきた疑問について尋ねた。

「三人以上であれば誰でもいいという場合、例えばですが、私の中学時代の美術の先生でも構わないのでしょうか？」

「もちろん、誰でもいいわけですから。」

「でも私は、その人は、やめておいた方がいいと思うのですが。」

「では、他の方になさってください。誰でもいいのです、三人以上であれば。」

「しかし、そうすると、誰でもいい、ということと矛盾するでしょう？　選んでしまっているわけですから。」

「誰でもいい、というのは、申請を受けつけるこちら側の——国家の方の——問題ですから、申請者の側で——Sさんの方で——誰を殺害するかについては、何らかの選択が為されていても、それはまったく構いません。そういう意味です。」

「ああ、……そうですか。……誤解していたかもしれません。でも、無差別殺人なら、やっぱり、私と無関係の人であるべきですよね？　関係があると、無差別じゃないわけですから。でも、そうすると、知り合いは避けることになって、また無差別じゃなくなります。知り合いであっても、無差別に殺害する、という意味なんでしょうか？」

「解釈については色々あるでしょうから、こちらの窓口では何とも申せません。ともかく、申請に関しては、三人以上であれば、誰でも構いません、ということです。」

　その日から、僕はドガの自画像を眺め、鏡と交わす会話を再開した。「計画」は実行するつもりだったが、元美術教師を殺害の対象に含めていいのかどうかについて、僕は混乱を自覚していた。それで、鏡に向かって、僕は彼女に直接、殺してもいいかを尋ねてみたが、そのための表情はとても難しかった。彼女はそして、再び僕に拒絶的な態度を取ったのだった。

思うに、鏡越しの会話は、他人として僕を見て、その見られた僕を僕に統合する訓練なのだった。

　僕は、ドガ自身と、鏡に映ったドガと、ドガの自画像という三角形の間を、ぐるぐる回り続けた。

　僕は、中田さんでも元美術教師でもなく、誰ともつかない他人として、鏡の中の僕を見つめている時、それは一体、誰なのだろうかと考えるようになった。

最初、僕はその自分を「純粋な他人」と名づけていた。しかしそれを、「誰でもいい他人」と呼び換えると、またその「誰でもいい」という言葉のせいで躓いてしまった。

　一体、それは誰なのか？　僕が鏡に向かって自由に話をしている時、それに際限もなく寛大に耳を傾けてくれるのは、僕にとって理想的な他人だ。中田さんは、そうだろうか？　その一方で、僕の家族のように、僕の言葉の一切を拒絶してきた他人たちもいる。僕の経験としては、この世界の大半は、そういう他人たちであり、僕を死刑にする「国家」は、彼らのものなのだった。

ところで、僕はあの元美術教師のことを考えた。彼女は、僕が現実の世界で出会った、ほとんど唯一の理想的な他人だった。しかし、彼女に、彼女を殺す「計画」を話した時、その反応は、中田さんとはまるで違うものだった。

僕はまた、ドガの自画像を見た。画家は誰のために、自画像を描いているのだろう？　それを見る人間は、「誰でもいい」のだろうか？

他人と現実の世界で接する時、僕は、彼らの自画像と向き合っているのだと考えた。僕も、鏡に映った自分の姿を、他人の前で再現しようとしている。僕は、鏡に映る僕は、僕が微笑むから微笑み、顔を顰めるから顰めるのだと、当たり前に信じていた。しかし、本当は逆なのだろうか？　鏡の中の僕が微笑むから、他人である僕も微笑むのだろうか？　それは同時なのだろうか？　僕にはそのメカニズムがわからない。ただ、僕のメカニズムが壊れているらしいことだけはわかった気がした。他人の前で僕が微笑むと、相手も微笑み、相手が微笑むと僕も微笑むのだろうか？　こんな当たり前のことがわからないのは、僕の人生が、まったくそうではなかったからだった。僕が微笑んでも、誰も僕には微笑みを返さなかった。相手が微笑む時でさえ、僕はただ、出来るだけぼんやりとそれを見るように努めていた。

中田さんは、相変わらず、死刑になるためには、「誰でもいい」から、三人殺害してください、と繰り返し続けている。

ある日、僕はその「三人」という人数に、今更のように愕然とした。雷に打たれたような衝撃だった。つまりそれは、図らずも僕の家族の人数なのだった。両親に兄。——あの三人を殺せば、僕の死刑申請は、無事に受理されるだろう。しかしそれは、あまりに理屈が通りすぎていて、しかもまったく不本意だった。僕をここまで壊してしまったのは、あの三人なのだ。「純粋な他人」とは、あの三人の正反対なのではないか？　虐待された子供が、その家族を殺す。僕が死刑になって、この世界から四人の人間がきれいさっぱり消滅する。それは、単なる個人的な恨みの事件だと理解され、国家は、何の不審もなく、ただ面倒くさそうに僕を死刑にするだろう。それは、僕のそもそもの「計画」とは違うのだった。「計画」はもっと、……しかし、だとすると、僕は誰を殺すのだろうか？……

そうして会話をしているうちに、僕は「計画」を断念する決断をしたのか？　否だった。ただ、考えることが多すぎて、延期するより他はなかった。

Aで、無差別殺傷事件が起こったのは、丁度、その時だった。

僕はその日、仕事も休みで、午後まで自宅でグズグズしていた。そうしてネットで事件の一報を知り、それからは、夜までテレビに釘づけになった。

僕の「計画」は、場所も方法も違ったはずだが、まるで、自分が起こした事件のように動悸が治まらなかった。自分のアパートにも、警察が捜査に来るのではないかと警戒して、日が暮れてからも電気を点けないままだった。

「大量展示」と書かれた赤い看板の前で警察に取り押さえられ、アスファルトにねじ伏せられた犯人を見て、僕はその地面の痛みを自分のこめかみに感じた。犯人は、眼鏡を掛け、白いジャケットを着ていて、額から血を流しながら放心したような顔つきだった。僕は、彼が斜めに見ていた地面と見上げた青空とを、この目で見た。それは、今も僕の記憶に焼きついている。

無数の救急車が、サイレンを轟かせながら殺到し、救急隊員たちで一帯は埋め尽くされた。血塗れで、仰向けに倒れている人を囲んで、「大丈夫だよ！」と必死に声を掛けている人たちがいた。彼らは、鏡の中で苦しんでいる自分を救い出そうとするように、懸命に救命処置を行っていた。みんなフレームがついた、四角い鏡のような自画像を被って、そのフレームをぶつけ合いながら、お互いを映し合い、同化し、連動していた。人が苦しんでいて、その顔も苦しそうに歪み、彼らを助けようとする人の顔も歪んだ。死にそうな人も、生きている人も同じで、しかも同じではないはずだった。殺された彼らは、誰でもよかったのだろうが、助けようとしている人たちもまた、誰でもよかったのだ。しかし、僕でもよかったのだろうか？　僕は視界をぼんやりさせようとして、どうしてもできなかった。僕は鏡を取り出して、自分の顔を見た。今という時には、誰になったつもりで見ればいいのかと困惑しながら。……


それから、事件を分析するテレビのつまらないお喋りが際限もなく続いた。自分が「計画」を実行した後、こんな連中が、およそ見当違いなことを喋り散らして満足しているところを想像すると居た堪らなくなった。僕は酷く体調が悪くなって、どうやらそのまま失神したらしい。気づいた時には朝になっていたが、どうやって意識を失ったのか、幾ら考えても思い出せなかった。

その後も僕は、事件の映像を繰り返し見続け、やがて意味飽和を起こして、何を見ているのかわからなくなっては、ただ部屋に籠もって、仕事にも行かずぼんやり過ごした。

中田さんは、鏡の中の僕に、「あの方は、問題なく死刑申請が受理されるはずです。」と言った。

その話を伝えた元美術教師は、「酷い事件ね、本当に。」と顔を顰めた。そして、「美術館に行って、絵を見てきてごらん。こういう時に、絵を見る趣味があると、気が紛れるから。」と、呑気な助言をした。

僕が犯人に抱いた感情に、嫉妬がなかったと言えば嘘になる。その苦しさから逃れたいがために、彼を憎悪した。馬鹿げたことだという蔑みの感情が膨らんで、次第に「計画」に対する嫌悪感が膨らんでいった。僕はその度に、またぼんやりしようと努めたが、考え始めると、どうしても頭が冴えてきて、他人の顔も自分の顔もはっきりと見えてしまうのだった。

リーマン・ショックのあと、僕は失職して、しばらくホームレスをしていた。そうなると、「計画」を実行する力さえも失ってしまった。

最終的に、「計画」を完全に放棄したのは、東日本大震災が発生した時だった。僕は到頭、心底嫌気が差して、申請の取り止めを中田さんに伝えた。彼女はただ、それならそれで構いませんと、無関心らしい様子で僕とのやりとりを終了した。

それから十数年が経って、僕の人生が大きく好転したわけではない。僕は、ビルや公園の公衆トイレを清掃する業者で働いている。相変わらず、僕が決して満たされることのないパラレル・ワールドに生きているが、出口がないのなら、結局それは、パラレル・ワールドとは呼べないのだろう。

ただ、練習の甲斐あってか、僕と笑顔で楽しそうに会話をする人が、今は少なくとも三人はいる。

「計画」のことは、誰にも話したことがない。最初から、本気ではなかったのだと思われるなら、全面的に同意する。本気であんなことを考えていた人間としては、生きていけないのだから。

犯罪統計によると、二〇〇三年以降、日本では、凶悪犯罪を含め、犯罪の認知件数が低下の一途を辿っているのだという。

A事件の犯人は、最近、死刑になったが、社会は、しらっとしていた。「国家」にも何の痛痒もなかった。

あの時、もっと悍《おぞ》ましい事件が、もう一つ起こるはずだったことも、それがすんでのところで起こらなかったことも、統計には表れていない。つまり、何も起こらなかったのであり、起こらなかったことがなぜ起こらなかったのかとは、問われることもないだろう。0という数字は、時間のどこかで1だったのかもしれないが、しかし、0なのだ。

僕一人が、考え続けていることだった。中学三年のある日、美術教室でドガの自画像のポスターに目を留めていなかったなら、どうなっていたのだろうか、あの時、美術教師が声を掛けてくれなかったなら、そしてあの日、たまたま上野で印象派展が開催されていて、あの絵の本物を目にすることがなかったなら、どうなっていたのだろうか、と。

手先が器用

振り返ってみるにつけ、母は不器用な人だったと思う。決して悪い人ではなかったが、人を褒めるということがうまくできず、子供の頃は、冷たいと感じることもあった。テストで良い点を取っても、かけっこで一番になっても、その話を聞いた母の反応は、そっけないものだった。父とうまくいかなかった理由も、一つにはそれだったと思う。

母のそういうところを冷静に見ていたのは、祖母だった。母は多分、子供の頃からそんな感じだったのだろう。

祖母は、わたしにやさしかった。同居していたので、母に褒められ足りない分は、いつも祖母が褒めてくれた。

祖母は裕福で、おっとりとした品の良い人だった。

わたしが小学二年くらいの頃だった。ある日、外出前に着替えをしていた祖母は、

「ともちゃん、ちょっとこっちで、おばあちゃんのお手伝いしてくれる？」

とわたしを呼んだ。居間には母もいた。

「おばあちゃんね、今日は真珠のネックレスをしていくんだけど、首のうしろでこれを留めてくれなあい？　ともちゃんは、手先が器用だから。」

真珠というものを、わたしはその時、初めて目にした。きれいだった。ほのかに虹色を帯びた白銀の玉の中に、ぼんやりと、わたしの姿も映っていた。

「おばあちゃんの宝物なのよ。できる、ともちゃん？　この金具をこうやって開いて、引っかけるのよ。」

「うん！　やってみる。」

祖母は椅子に腰掛けると、わたしに背中を向けてじっとしていた。少し手こずったが、わたしはどうにか留め具をはめることができた。

「ああ、よかった。ありがとう。ともちゃんは、やっぱり手先が器用ね。」

感謝されて、わたしはうれしかった。小さな時には、大人が大切にしているものには、大抵、触らせてもらえないものだが、祖母が自分の「宝物」を、その短い時間、わたしに委ねてくれたことがうれしかった。それに、祖母が自分のことを「手先が器用」だと思っていたことも。わたしはその期待に応えられたのだった。

実際は、わたしは特に、「手先が器用」な方でもなかったと思う。祖母がわたしを観察していて、本当にそう思っていたのか、ただ、何の気なしに言ったのか、さびしそうなわたしの自尊心を満たそうとしてくれたのかは、わからない。ともかく、わたしは祖母にとって「手先が器用」な子なのであり、それからは、針仕事で針穴に糸を通したり、一緒にこよりを作ったりと、祖母をよく手伝うようになった。

わたしは、自分でもいつの間にか、祖母の言葉を信じていた。学校でも、「手先が器用」なことを求められる作業には、率先して手を挙げた。図工が楽しくなり、クラスメイトからも、「手先が器用」と言われるようになった。わたしが活発な性格になったのは、その頃からのことだった。今、アパレル企業でパタンナーという仕事をしているのも、元を正せば、この祖母の一言があったからだろう。

祖母の死は、わたしに大きな喪失感をもたらした。わたしの小学校の卒業式に出席したいと言ってくれていたが、六年生の夏の終わりに、急に亡くなってしまった。卒業式には、それで、母だけが出席することになった。

当日の朝、わたしは、着替えをしている母に呼ばれた。

「知美、……ネックレスを留めてくれる？」

わたしは、母の手の中にある真珠のネックレスを見つめた。祖母の形見だった。

「うん。」

背中に回り込んで、髪を掻き上げた母のうなじを見つめた。何か露わで、無防備なものが、その時初めて、わたしの目に触れた感じがした。後れ毛に触れないように留め具をはめると、母は「ありがとう。」と礼を言って、「知美はやっぱり、手先が器用ね。」と言った。

大袈裟な笑顔もなく、静かな口調だったが、わたしは、母もそう思っていたのだろうかと、やはりうれしくなった。

母は、祖母から何か言われていたのだろうか？　それとも、「手先が器用」といつもわたしを褒めていた祖母の姿を見ていて、思うところがあったのか。

中学生になると、母とよく一緒に料理を作るようになった。わたしはもう、母にとっても「手先が器用」な子供なのだった。そう思われている関係を壊したくなかったので、ジャガイモの皮むきも、魚の三枚おろしも、できるだけ上手にできるように努力した。母は相変わらず、オーバー・リアクションが苦手だったが、それでも、「知美は手先が器用ね。」と褒めてくれた。


今はもう、祖母も母もいないが、わたしには一人、娘がいる。

つい先日、小学校の入学式だった。わたしは朝、糸替えをしたばかりの真珠のネックレスを手に、娘を呼んだ。

「ママ、このネックレス、留められないから、うしろで留めてくれる？　ひなちゃん、手先が器用だから。」

そう言うと、娘は「うん！」と、好奇心を露わにして真珠の玉に見入った。

「ママのおばあちゃんが持ってた宝物のネックレスなのよ。」

娘はよろこんで仕事に取りかかった。その真剣な面持ちを背中に想像しながら、わたしはあの時の祖母の、そして母の心境を考えていた。

ストレス・リレー

ルーシーは、英雄である。しかし、彼女はそのことに気づいておらず、周りの誰もそう思っていない。つまり彼女は、文学の対象であり、小説の主人公の資格を立派に備えているのである。彼女の英雄性を示す物語は、どこから始めても恣意的であろうが、ひとまず、二週間前のシアトルに遡るのが良いだろう。

1

小島和久《こじまかずひさ》は、ルーシーとは、縁もゆかりもない男である。多分、一生、顔を合わせることもなく、どこかで偶然、擦れ違ったとしても、お互いに何とも思わないに違いない。
しかし、追跡可能な範囲では、この物語の発端に相応しい人物である。

彼は、機械メーカーの社員で、今年四十四歳である。五年間の予定のシアトル勤務も、残り一年弱というタイミングで、「話がある」と急に本社から呼ばれ、一時帰国するところだった。理由ははっきりと告げられていない。が、いずれ、人事に関することであり、あれこれ考え出すと気が重かった。それとも、あの話だろうかと、こちらで隠している事柄が幾つか、思い当たらないでもなかった。

午前十一時半発のフライトで、今日は八時半に自宅を出て、タコマ国際空港まで自分で運転をした。妻と中学生の娘は、留守番である。

途中、かつての日系移民たちが「タコマ富士」と呼んで祖国を偲んだというレーニア山を眺め、いつになく感傷的な気分になった。

昨夜は、溜まっていた仕事を終えられず、深夜二時まで起きていた。機内で寝るつもりだったが、急なことで、エコノミー・クラスの真ん中の座席しか取れず、先が思いやられた。

搭乗手続きを早々に済ませ、税関を通ってから、彼は、飛行機が一時間遅れていることを知った。ラウンジを使えないこんな日に限ってと、わざと汚い英語で独り言を言った。搭乗口も変更されており、随分と歩かされた。

トローリー・ケースを引っ張りながら、本社での話によっては、残り一年をそう楽しい気分では過ごせなくなるだろうということを考えた。

ロックが好きで、昔からアメリカ暮らしに憧れていて、赴任してすぐに、一人で、郊外のグリーンウッド・メモリアル・パークにジミ・ヘンドリックスの墓参りに出かけた。

墓石そのものは案外、小さかったが、ドーム型の霊廟に蔽われていて、壁面の肖像画には、無数のキスのあとが残されていた。それを見て、アメリカだ、と感動し、ＦＢで写真をシェアして、日本の昔のバンド仲間に羨ましがられたのが懐かしかった。

恐らく、海外赴任はこれでお終いだろうが、日本の凋落は、外から見ると気が滅入るほどで、駐在員たちとは、酔うといつも「憂国」談義になった。妻も子供も、ここでの生活を気に入っていて、今回の一時帰国に不安な予感を抱いている。

仕事を変えてでも、アメリカに残る方法を考えるべきだろうか。……

搭乗時間まで、まだ二時間半もあり、小島は途中でフードコートに立ち寄った。カフェの前には三組が待っていて、メニューの表示を遠くから眺めつつ、最後尾に並んだ。

すると、大柄の白人の女性が、彼を押しのけるように、無言で割り込んできた。突然のことに面喰らって、「すみません、並んでたんです。」と後ろから声をかけた。女は振り返らなかった。もう一度、言ってみたが、やはり無視された。腹が立ったが、ひょっとすると、耳が不自由なのだろうかと、前に回り込んで、「すみません、僕が並んでたんです。」と身振りを交えて言った。更に一つ前の男性が、驚いて振り返ったが、しかし、彼女は、目を合わそうともしなかった。

こうなると、為す術がなかった。たかがコーヒーの順番くらいと思う余裕もなく、小島は、尋常でなく頭に来た。店員が、このやりとりを見ていたかどうかはわからなかったが、次を呼ばれると、彼女は何事もなく前に進み、一転して柔和な笑顔で会話を始め、クリームがたっぷり乗ったアイスラテを注文した。

搭乗便はその後、遅延の告知を繰り返し、結局、四時間遅れの出発となった。その時間を、独り無言で過ごした小島の憤懣は、疲労も相俟って大変なものだった。しかし、その怒りは、どこか力が入らないような、胸の奥底でいつまでも立ち上がれないような、激しい割に無力なものだった。

機内はさすがに日本人が多く、アナウンスも英語と日本語とで、そのことに安堵している自分に気がついた。

あれは何だったのか？　シートベルトのサインが消えると、恐る恐る背もたれを倒し、肘置きに辛うじて触れる程度に肘をかけて目を瞑った。彼女の人格的な問題なのか、機嫌なのか、それともやはり、アジア人として差別されたのか。――わからなかった。それほどのことにさえ、確信を持てない自分の四年間のアメリカ生活を思った。動画でも撮影しながら、もっと強く抗議すべきだったのではないか。今なら幾らでも、その言葉が思い浮かぶのだが。


十一時間のフライトの後、羽田に到着したのは、夕方の七時頃だった。機内ではほとんど眠れず、映画を三本見て、仕事のメールにひたすら返事を書き続けていた。

頭がぼんやりしていて、疲れていたが、それよりも、胸に蟠《わだかま》っていた憤りが、時間をかけて増殖し、血の流れに乗って体の隅々にまで拡がってしまったような感じだった。勿論、熱もなく、どこか具合が悪いというわけでもないので、検疫は、彼がシアトルから厄介な「ストレス」を国内に持ち込もうとしていることなど、知る由もなかった。

小島は、お粗末な機内食のせいで、腹が減ったような、減ってないようなという感じだったが、手荷物受取所を出てから、空港の中の蕎麦屋に向かった。蕎麦と言うより、無性に天ぷらを食べたくなったのだった。

店内は混み合っていて、大きなスーツケースを入口で預け、端のテーブルに着席すると、作務衣にエプロン姿の若い女性店員が注文を取りに来た。

「ビールと天ぷら蕎麦。」

「あ、……すみません、天ぷら蕎麦が終わってしまいまして。」

「そうなの？　なんだ、天ぷら蕎麦が喰いたかったのにな。……ま、いいや、じゃあこの鴨せいろ。」

「かしこまりました。少々お待ちください。」

短く黒い髪の、少しおどおどしたような店員を、小島は、大丈夫だろうかと見上げた。

ビールは、いつまで経っても出てこなかった。携帯の充電も切れてしまい、イライラしながら、また、考えるつもりもなく、あのタコマ空港での割り込みのことを思い出した。自分を無視した女が、店員と談笑していた表情が頻りに脳裡をちらついた。

痺れを切らして、ビールの催促をしようと、先ほどの店員を呼びかけた時、彼は彼女が、別のテーブルで天ぷら蕎麦の注文を受けているのを目にした。

「すみません、ちょっと。ビールまだ？　あと、天ぷら蕎麦、終わったんじゃないの？」

小島は、視線で促しながら尋ねた。

「あ、……えっと、すみません。……」

彼女は、叱られたようにその場に立ち尽くした。

「いや、すみませんじゃなくてさ、あるの、まだ？」

「……少々、お待ちください。」

店員は、急いで厨房に確認に行き、戻ってきた。

「すみません、やっぱりもう終わりだそうです。」

「いや、じゃあ、あっちのお客さんのは？」

「すみません、もう一名様分だったらあったみたいで。」

「ハ？　じゃなんで、俺に言ってくれないの？　こっちに先に言うべきじゃない？」

店員は、頬を紅潮させて黙ってしまった。小島は、『何なんだ、このボケた店員は？』と呆れながら、自分が、シアトルの空港とは、まったく違った状況で、またしても相手の無言の前に、為す術を失ってしまったのを意識した。そして、今まで経験したことがない類いの頭痛に顔を歪めた。

厨房から、蕎麦を早く運ぶようにと呼ばれて、店員は後ろを気にした。

「……すみません、あちらのお客様に言ってきます。」

「いや、いいよ！　悪いだろう、それも。──ああ、もういい。もういいよ！」

小島は、派手に椅子の音を立てて、出て行くつもりで立ち上がった。しかし彼女は、咄嗟に暴力を振るわれると思った様子で、後ろに飛び退くと、その場で到頭、泣き出してしまった。

2

竹下亮子《たけしたりょうこ》は、朝から蒼白の顔色だった。

いつも通り、大井町からＪＲに乗り、寿司詰めの車中で、ドアの側に立って目を瞑った。立ったまま寝てしまいそうな気がしたが、どうせ熟睡できるはずもなく、少し眠った方がいいのではと思った。

昨夜は、娘がまた、酷く荒れた日だった。勤務先の羽田空港の蕎麦屋で、天ぷら蕎麦の品切れを伝えたところ、客が怒って、怒鳴りながら店を出て行ったらしい。その応対をまた、店長にしつこく叱られたらしかった。

娘は〝難しい子供〟だった。これまで、薄氷を踏む思いで、彼女の出来ることと出来ないことを理解し、感情の揺らぎに付き合いながら育ててきた亮子は、接客業は難しいだろうと、最初から思っていた。

それでも、娘が自ら望んだことであり、頭ごなしに否定はしなかった。試してみて、もし少しでも出来ることが増えるならば、それは娘の生きていく可能性が広がるということなのだから。

駄目だった時には、そこからまた長い回復期が必要だったが。――

目を開けて、携帯を覗き込む車中の人々に目を遣った。

疲労さえなければ、娘もほとんど、普通に生活することが出来る。もしこの世界が、今よりほんの少しゆとりがあり、優しさに溢れているのであれば、娘は決して、特別ではないはずだった。

娘の性格的な偏りに気づいて以来、もう十年以上が経っている。正確には、診断名がついて以来と言うべきだったが。

人から見れば、過保護としか思えない親子関係だが、それを揶揄され、時には注意さえされる度に、彼女は反発し、傷つき、いつの間にか、友人関係も希薄になっていった。

昨夜の一件も、人に話してみたところで、誰がまともに取り合ってくれるだろうか？ 接客をしていれば、質の悪い客もいるが、殴られたわけでもなければ、長々とクレームを言われたわけでもない。二十代にもなって、親に甘えすぎではないのか？ 当の客も、自分の怒鳴った店員が、まさか夜中の三時まで母親相手に泣き続けていたなどとは、想像もしていないだろう。

それでも、そういう人間もいるんです、としか言いようがなかった。

元々、限界が近づきつつあったこの一週間ほどの悪いタイミングで怒鳴りつけられたために、娘はもう、その場で、何も考えることが出来なくなってしまった。頭の中が、全部、燃えてなくなってしまう感じと、いつか彼女は説明した。そういう時には、だからただ、静かな場所で休ませてやる以外にはないのだった。

車両が揺れる度に、二の腕を手すりが強く押した。ベッドに寝たまま起こさずに来た娘のことを心配した。今日は一日、仕事中に、急な連絡がないといいが。……

それから、窓に顔を向け、娘を怒鳴った男のことを考えた。四十代半ばくらいだという。そんないい歳をして、天ぷら蕎麦が食べられなかったくらいで、店員に声を荒らげるというのは、どんな人間なのだろうか？

願いの中には、決して叶わないと分かっているからこそ、強く願うことの出来るものがあった。亮子は、その見知らぬ男を憎んでいた。シアトルから持ち帰られたストレスは、娘を介して、今や彼女にまで感染していた。そして、今朝の疲労のすべてを込めて、死んだらいいのに、と思い、何度も胸の裡で繰り返した。今、こうしている間にも、どこかで死んでくれたらいいのに。――そう思うと、少しだけ胸が楽になった。

死そのものを望んでいるのでは、多分なかった。ただ、この世界に最初からいなければ良かったのにと思い、今からでも、いなくなってほしかった。そうしたら、娘にもそのことを教えてやろう。……そう思った次の瞬間、彼女は、一つの考えに慄然とした。ひょっとすると、その男性客にも、性格的な偏りがあるのではあるまいか、と。

品川駅で一度、人に押し流されるようにホームに降りて、今度は、車両の奥深くに運ばれた。

彼女が私《ひそ》かに、一人の人間の死を願っていたことに気づいた乗客はいなかった。

メッセージの着信を知らせる振動に、亮子は頬を強張らせ、首許に汗の蒸れを感じた。無視できずに、思い切って携帯の画面を覗いた。しかし、着信は娘からではなく、ここ数日、毎日届いていた高校の同窓会の連絡係からだった。

「何度もすみません！　会場の予約の関係があるので、出欠だけでも今日中に教えて下さい。忙しいのに、急かしてごめんね。よろしくお願いします！」

亮子はその文面を読み、「ごめんね。」のあとに付された絵文字を見つめた。特別、親しかったわけではなく、卒業以来、ずっと連絡を取っておらず、ただ、だからこそ、今会えば愛想良くお互いに会話を交わすであろう旧友の一人だった。

亮子は、そのへりくだった気づかいにつきあうことを、この時、酷く億劫に感じた。そして、昨日までは、返事をしなければ、と思っていたその連絡に対して、出来れば自分の不快感が、誤解の余地なくはっきり伝わってほしいとさえ願いながら、そのメッセージを削除し、返信しないことにした。

3

寺田佳代子《てらだかよこ》は、職場の不動産会社でも、酒豪で有名だった。

若い頃にはその〝つきあいのよさ〟で随分と重宝されたが、四十歳を過ぎた頃から、却ってその〝つきあわせたがり〟が、殊に若い部下たちから疎まれるようになっていた。時代の変化もあった。

本人も、そのことは自覚しており、独身だからと思われるのが嫌で、近頃では、家で一人で飲むことも増えていた。これも、コロナ禍で身についた習慣だった。

それでも、この日彼女が、急遽、四人を引き連れて福山駅前の居酒屋に向かったのは、昨日来のストレスのせいで、どうしても、飲まずにはいられなかったからだった。

彼女は、来月予定されている高校の同窓会の連絡係を任されていた。幹事が親友で、手伝うことになったのだったが、あまり喋ったこともない級友に、この歳になって急に連絡を取るのは、楽ではなかった。特に相手が、上京して活躍している、という噂を耳にしている時には。

佳代子は福山が好きで、附属高校から受験して広島大学に進学した。卒業後、福山で就職して今に至るので、他県に住んだことは一度もない。その「地元愛」を、ずっと自慢にしていたのだが、今回、連絡先の分からない級友たちを、ソーシャル・メディアで検索し、その生活の様子を――というより、人生を――眺めているうちに、何か奇妙な胸騒ぎを感じた。何と表現していいのかわからなかったが、これじゃないの?と、人から差し出されるように、「劣等感」という言葉ばかりが思い浮かんだ。

丁寧な、しかし、明るい口調で県外の六人に書き送ったメッセージには、意外にも、すぐに全員から返事が来た。参加可能なのは、二人だけだったが、それでも上首尾で、欠席の返事にも気づかいが感じられた。ただ、最後の一人だけは、「予定を確認して、すぐにご返事しますね。」という返信以降、連絡が絶えていた。佳代子は、幹事にせっつかれて、二度、メールを送信し、昨日、最後の確認を送っていたが、結局、音沙汰はなかった。

その無視には、多忙な人が、面倒臭いことに対して示す苛立たしさが、隠しようもなく表れていた。佳代子は努めて気にしないようにしていたが、その無視を通じて感染したストレスは、一日経って、却って症状が重くなっていた。

飲み会につきあったのは、同じく酒好きで、この日も問答無用で引っ張って来られた上司の吉岡、昔から彼女の押しの強さに弱く、子供の受験勉強の面倒を、急遽、看られなくなったと、妻に電話で謝った同期の斎藤、それに、二十代後半の女性の部下の織田と、三十代前半の男性の部下の田代だった。若い二人は独身だった。

吉岡と斎藤との間に、事前に話し合いがあったのか、一次会は、ほとんど吉岡が独りで喋り、それに斎藤が合いの手を入れて、楽しく二時間半を終えた。大方、今日は何となく荒れそうだからと、吉岡がその場を引き受けたのだろう。彼は、そういう人間だった。

それでも、あまり酒は進んでおらず、佳代子が注文を促すと、「いや、最近は、昔ほど呑めんようになってね。」と、すまなそうに笑った。佳代子は驚いたが、何となく、自分が取り残されてしまった感じがした。

彼女は勿論、それでは収まりがつかないので、更に皆を二次会に誘った。斎藤は謝りながら、織田はきっぱりと一次会で帰ると言った。田代もそのつもりだったが、「田代君はまだいいでしょう？　ね？　よし！」と逃げ遅れてしまった。

歩いて移動しながら、佳代子はうっかり携帯を覗いたが、やはり、竹下亮子からの返信はなかった。

彼女のストレスに、アルコールは明らかに悪く作用していた。

二次会は、バーのテーブル席だったが、彼女は乾杯して、ハイボールを飲み始めるなり、田代が今日、提出した資料で、パワーポイントのグリッドから、添付した写真が1ポイント、ズレていたことを蒸し返し、嫌味を言った。吉岡は、「まあまあ、」と宥め、「なんか、お前の飲み方も、昭和のオッサン臭が漂ってきたなあ。」と苦笑して、それとなく田代を庇った。

佳代子は、普段から悪洒落を言い合う上司のその一言に、この時、何となく傷ついた。そして、酔いはまた、一段と悪い方へと進んでいった。

田代は元々、こんな酒宴が大嫌いで、挙げ句に説教までされて、ほとほとウンザリしていた。

佳代子はそれから、到頭、胸にしまっておくことが出来ず、自分がこの一週間ほどの間に経験した同窓会の連絡係の話をし始めた。長い経緯の説明があり、自分の中に、附属出身だという十代のエリート意識と、東京に進学し、有名企業に就職した友人たちへの劣等感とが同居していることに、今回、初めて気がついたと自己分析した。そして、旧友に連絡をしながら、何となく、こちらの人生の時間が止まってしまっているような寂しさを覚えたこと、それにしても、幾ら忙しいからと言って、返事一つ寄越さずに無視するというのは、酷すぎるといったことを、一人で二時間近く、喋り続けた。

吉岡は、時々、ユーモアを交えて相槌を打っていたが、田代にとっては、その一言一句すべてが完全にどうでも良いことで、終いには、このままここで会社をクビになっても構わないので、彼女に罵詈雑言をぶちまけて、帰りたい気持ちにさえなっていた。

彼もまた、酔っていた。しかし、翌日酔いが醒めて思い返しても、その気持ちに変化はなかった。


お開きになった時には、もう午前一時を過ぎていた。佳代子は、まだ飲みたそうにしていたが、「もうええじゃろ、さすがに。」と、吉岡が宥めた。

田代のタクシー代も、吉岡が出してくれた。佳代子は足許をふらつかせながら、「遅くまでつきあってくれてありがとう！　また明日からがんばろうね。」と笑顔で背中を叩いた。田代は愛想笑いも尽きて、それには返事しないまま車に乗り込んだ。

自宅の住所を運転手に告げ、携帯を取り出すと、彼は、Xを眺めた。雪景色の中、凍結した湖に飛び込もうとして、意外と分厚い氷が割れず、背中を強打して、のたうち回る若者の動画が、リポストで回ってきた。「爆笑！」とコメントをつけているのは、テレビでよく見るどこかの大学の社会学者で、田代は彼をフォローしていなかった。

その馬鹿馬鹿しさに、無性に腹が立った。佳代子から移されたストレスは、彼の中で忽ち劇症化していた。そして、普段はまずしないことだったが、「ヒマですね。しかも、人が苦しんでるのを見て喜ぶって最低ですね。それでも大学教授ですか？」とコメントを書いてやった。本当は、「それでも上司ですか？」と、寺田佳代子に言いたかったことだった。

　そのまま、彼は酔いに任せて眠りに落ちた。運転手に起こされ、目を醒ますと、件の大学教授からは、既にブロックされたあとだった。

4

　社会学者の久《く》保《ぼ》田《た》健《けん》司《じ》は、明後日の会議までに提出を求められている四十七ページからなる「私立大学等改革総合支援事業調査票」の項目を、早目の夕食を終えた後、黙々と埋めていっていたが、二十九項目目の「学部等又は研究科において企業等と協定等に基づき2週間以上のインターンシップ科目を実施していますか。」という項目に「実施していない。」即ち「0点」と回答したところで、ほとほと嫌気が差して手を止めた。絵に描いたような「クソどうでもいい《ブルシット》」作業だったが、おまけにこんな露骨な金儲けの手先にされていることに我慢がならなかった。

『なにが、「Society 5.0」だ、クソッ。文科省は経産省の犬か？……』

　半ば気晴らしのつもりで、彼は、締切を二日過ぎている講演録の手直しの方に取りかかった。「資本主義は、本当にもう限界か？」というシンポジウムで行った「ポスト資本主義社会の贈与論」という講演だったが、後日、会場で聞いていた論壇誌の副編集長から、素晴らしい内容で感動したので、是非、講演録を掲載させてほしい、とメールが届いた。

久保田の講演は好評で、その後のパネルでも何度か言及されていたが、些か準備不足で、掲載するならば、改めて事実確認をして整理する必要があった。その時間が取れるかどうか。……躊躇いながらも、最後は決断というほどのこともないまま、申し出を受け容れたのだった。但し、くれぐれも書き起こしそのままというのは止めてほしいと念を押し、出来れば短めにまとめてほしいと注文をつけた。


ゴールデンウィーク前に、早々に送られてきていたその原稿のファイルを、久保田は、今日まで開かずにいた。

メールは、最初の依頼文同様、改行の少ない長文で、改めて講演の感想が丁寧すぎるほどに書かれていた。久保田は、それにザッと目を通しはしたものの、とても詳しく読む余裕はなかった。時間的にも、肉体的にも、精神的にも。――スクロールバーを下げていくと、底の方にようやく添付ファイルの説明があり、それもまた回りくどかったが、要するに、講演録はPDFでもワードでも、どちらで手を入れてもらっても構わない、ということらしかった。メールには、PDFファイルが二つにワード・ファイルが三つ、更に謝礼の振込先を記すエクセル・ファイルの計六点が添付されていた。それだけでげんなりしたが、ワード・ファイルの一つは「執筆者登録用」となっており、「レイアウト」というファイル名のPDFを開くと、その通り、講演中の写真が挿入された誌面のデザインが表示された。しかし、文章はダミーだった。

ＰＤＦでの訂正は手間がかかるので、久保田は「久保田先生　ご講演書き起こし　ご確認用」というタイトルのファイルを開いた。もう一つのファイルも同じようなタイトルだったので、そちらは見ないまま赤入れを始めた。

六十分の講演原稿はかなりの分量で、しかも、嫌な予感が的中して、あれほど言ったのに、書き起こしは未編集に近かった。三ページ目まで手を入れた段階で、彼は自分が、ほとんど一から原稿を書き直していることに気がついた。それだけで、もう一時間が経過している。一体、何時間かかるのか？　時計を見ると、午後十時だった。差し戻して、残りは再編集させようかと考えたが、締切を破ったのはこちらであり、その余裕はないだろう。あんなに言ってこの調子なら、やり直させても変わらないのではないか。……

結局、彼は四時間ぶっ通しでその講演録に手を入れ、終わったのは、午前一時頃だった。すぐに送信したが、あまりの面倒に、腸が煮えくり返るほどいらいらしていた。

椅子から立ち上がることも出来ず、気晴らしに、しばらくXを眺めていた。そして、フィンランドの若者が、サウナから飛び出してきて、凍結した湖にダイヴし、氷で背中を痛打して悶絶する動画に失笑し、「爆笑！」とコメントをつけてシェアした。

それから、気力を振り絞ってシャワーを浴びに行った。

少し気分が落ち着き、戻ってくると、開きっぱなしのパソコンの画面で、またXに目を遣った。さっきの動画は、その後、あっという間に三百人以上にリポストされている。久保田は、普段はしないことに決めているが、コメント欄を覗いてみたくなった。「爆笑ですね！」、「なんか、オットセイみたい。」、「氷が割れたら割れたで、心臓に悪そうですが。……」といった絵文字付きの賑やかな反応の中に、こんなコメントが混ざっていた。

「ヒマですね。しかも、人が苦しんでるのを見て喜ぶって最低ですね。それでも大学教授ですか？」

彼は胸糞が悪くなって、そのアカウントを直ちにブロックした。せっかく鎮まりつつあった苛立ちが、また再燃して、手がつけられなくなってしまった。

『ヒマなのは、オマエだろう！……大体、俺は教授じゃなくて准教授だぞ、バカ。』

画面を閉じようとすると、メールの着信音が鳴った。待っていたのか、深夜にも拘らず、講演原稿を送った編集者からの返信だった。またしても長いメールで、中にこう書かれていた。

「……「久保田先生　ご講演書き起こし　ご確認用」のファイルに手を入れて戴いたようですが、あちらは、万が一の時のために、参照用に添付した書き起こしそのままの原稿でしたので、編集したものは、もう一つの「久保田先生　ご講演録　入稿前」というワード・ファイルとPDFファイルの方でした。いずれにしましても、久保田先生に丁寧に直して戴いた原稿の方で入稿させて戴きます。」

久保田は口を半開きにし、ペンチで締め上げられたように眉間に皺を寄せた。

四時間半前に確認してみなかったもう一方のワード・ファイルを開くと、冒頭の挨拶がカットされ、きれいに編集された講演録が目に飛び込んできた。

「紛らわしいんだよ！」

久保田は、机を拳で殴りつけて顔を伏せた。彼は普段、決して声を荒らげるような人間ではなかったが、基礎疾患のある人がコロナで重症化しやすかったのに似て、元々、苛立ちを募らせていたところに、あのXのコメントを見てしまい、田代から移されたストレスは、激烈に発症してしまったのだった。

彼はすぐ様、キーボードを叩いて、編集者に猛然と抗議した。決して乱暴な言葉は用いなかったが、その分、儀式的なまでに理屈っぽく、相手の反論が予め封じ込められ、そのストレスの強調は執拗だった。ファイルが一度に六個も添付されていて、しかも、ファイル名が長く不明瞭なので、混乱するに決まっている。大体、書き起こし原稿まで添付してくるような編集者はおらず、丁寧なつもりなのかもしれないが、誤解の元だ。そもそも、メールが長過ぎ、重要な用件がどこに書いてあるのかわからない。一日に数十件、メールの処理をするのが普通の世の中で、自分のメールをそんなに時間をかけて読んでもらえると期待するのは非常識だ。お陰で原稿の見直しに、四時間も取られることになった！……

せめて一度読み返し、出来れば翌朝まで送信を待つべきだっただろう。しかし彼は、怒りに任せて送信ボタンに指を叩きつけ、そのまま消灯して、氷で背中を痛打した青年そっくりの呻き声を上げながら、ベッドに倒れ込んだのだった。

5

論壇誌の副編集長を務めている中岡知美《なかおかともみ》は、朝起きてパソコンを開き、深夜に久保田健司から届いたメールを読んで、激しい動悸を覚えた。冷静さを装ってはいるが、激怒している。すぐに謝罪のメールを書こうと椅子に座ったが、読めば読むほど理不尽で、最初の動揺が落ち着くと、腹が立ってきた。

あれだけ丁寧に説明して、自分が勝手に勘違いしただけなのに、なぜ、こんなにエラそうに相手を叱りつけられるのか？　大体、締切を二日過ぎているのに、謝罪の一言もない。こちらのメールが長くて読めないなどと言っているが、彼のこのメールこそ、とんでもない長さだった。

テレビでもよく目にしていて、新書を一冊読んだことがあり、好感を抱いていたので、彼女は甚だ幻滅した。難しい人なのだろうかと思ったが、恐らく、自分が年下で、女性でなければ、決してここまでの態度は取らないだろう。そういう男の書き手は、少なからずいた。

文字起こしまで送るというのは、彼女も普段はしないことだったが、しつこく編集を求められ、かなり手を入れたからこそ、念のために添付したのだった。

こんな次第で、久保田のストレスに感染してしまった彼女は、朝食を作りながら、夫に唐突に、

「今日、晩メシ要らないから。」と言われた時、いつになく険しい顔つきになった。

「わたし今日、夜はいないよ。」

「なんで？　そんなこと言ってた？」

「言ったわよ。見てよ。」

夫は、促されてカレンダーに目を遣り、言葉を失った。

「何とかならない？」

「無理よ。作家さんの書店イヴェントなんだから。前から言ってたじゃない。塾のお迎えもお願いしてたでしょう？　何なの、今日は？」

「ちょっと、……会食に誘われて。」

「断ったら。」

「断れないんだよ。」

「こっちは無理よ、絶対に。だから前以《まえもっ》て言ってたでしょう？」

「言ってたかもしれないけど、大体、いつも色んなことを一度に言うから、わかんなくなるんだよ。」

知美は、その言い草にカチンときた。

「何それ？　とにかく、無理だから！　ちゃんと説明してるの！　自分が理解してなかったことを、どうしてわたしのせいにするの？　いい加減にして！」

彼女は菜箸をシンクに投げつけると、これ以上、夫と口を利きたくなくてリヴィングから出て行った。

6

知美の夫は、結局、会食を断ったが、それが不服で、出先で呼んだタクシーが、待ち合わせ地点の十五メートルも先で止まっていた時には、乗り込むなり、運転手に悪態を吐いた。一人暮らしのその七十代の運転手は、アプリ自体の不具合とは敢えて言い訳せず、謝罪してやり過ごした。しかし、帰宅後、酎ハイを飲みながら、日中の生意気な客のことを思い出すと、腹の虫が治まらなかった。そして、前々から気になっていた隣の部屋のカップルの騒音に、今日こそは我慢がならなくなって、サンダル履きで、ドアをノックしに行った。……そこから、更に四人を経て、このストレスがルーシーに辿り着くまで、あと二人である。

古賀物介《こがそうすけ》は、東京から京都までの新幹線の車中でも、ずっと気が重かった。

昨日の午後、突然、取引先の京都の化学メーカーから、発注した工場の生産用設備の費用が嵩み続けていると強い調子のクレームが入って、東京から呼びつけられているのだった。

原料不足や中国での需要増加から鋼材価格が高騰しているのは何度も説明していたので、彼は急な電話に戸惑った。元々、気難しく苦手な社長だが、何か別の問題でも切り出されるのかもしれない。その心配をあれやこれやとしていたが、落ち着かないので、妻からせっつかれていた夏休みのタイ旅行の飛行機の予約をすることにした。

長年、多忙のせいで貯まる一方だった飛行機のマイルを、使用期限前に使うつもりだった。手帳を開き、航空会社のサイトを検索したが、特典航空券のビジネス・クラスの予約枠は、どの便も既に「空席待ち」である。彼は舌打ちした。「空席待ち」と言っても、一体、何人待っているのか示されないと、判断のしようがなかった。


京都駅からは、南区の会社までタクシーで二十分ほどである。

古賀は、念のために早目の新幹線に乗ったので、京都に到着後、駅のホテルのロビーでコーヒーを飲むことにした。少し心を落ち着けたかった。

入口で、「一名です。」と伝えると、若い女性の店員から、「そちらでおかけになってお待ちください。」と、外のソファーを促された。見ると、先に二組が座っている。

古賀は腕時計を見て、店内を見渡した。方々に空席があり、何故、待たされるのかわからなかった。

彼は、わざとらしく空いている席に首を伸ばし、強引に近くのテーブルに向かった。先に待っていた客の一人が、不服そうな、怪訝な目で彼を見ていた。

注文を取っていた先ほどの店員が、「あ、すみません、あちらでおかけになってお待ちくださ い。」と、彼に改めて言った。

「空いてるじゃない、席。そことか、あそことか。」

「すみません、生憎と、すべてご予約戴いてます。少々、あちらでお掛けになってお待ちください。」

「どれくらいかかるの？」

「そうですね、……」と、店員は答えようがないという表情で、一応、振り返って席の状況を確認した。「二十分ほどお待ち戴くかもしれません。」

「二十分？」

古賀は舌打ちすると、順番待ちのソファーへと移動した。先に並んでいた二組が、彼の態度を盗み見ているのを感じた。

五分間、彼は貧乏揺すりをしながら、携帯を眺めつつ順番を待った。それから思い立って、航空会社に電話をし、空席待ちの状況を訊いてみることにした。

機械音声の応答の後、なかなかオペレーターに繋がらなかった。十五分待っても順番が来なければ、行かなければならない。時計を見ると、秒針に、胸を煎られるようだった。

ようやく女性のオペレーターが出ると、彼は手帳を見ながら、希望する便の座席を伝えた。しかし、やはりすべて、空席待ちだという返答だった。

「前後の便も、全然、空いてないんですか？」

「空いてません。」

「ないの？……マイル貯めるだけ貯めさせて、肝心な時に使えないんじゃ、話にならんな。」

彼は、そう不服を言ったが、オペレーターは黙っていた。

「まァ、しょうがないけど、空席待ちっていうのは、どのくらい希望があるんですか？　待ってれば空きそうですか？」

「まったくわかりません。」

古賀は、そのにべもない言い草にムッとした。しかし、会話は録音されていると最初に機械音声で断られていたので、余計なことを言って、責任を取らされたくないのだろうと察した。それで、今度は努めて気さくな調子で尋ねた。

「そう、……まあ、ハッキリとは言えないでしょうけど、こっちも予定の立てようがないから、経験的にというか、感触的に、どんなもんですか？　参考にするだけで、あとで、あの時、こう言っただろ、とか、そういう話にはしませんから。」

「まったくわかりません。」

古賀の携帯を持つ手が震えた。実のところ、この派遣社員のオペレーターは、昨日の電話応対のクレームで、つい今し方まで、ねちっこい〝指導〟を受けていたところだった。とにかく、余計なことは言うなと命じられたので、今日は一日、その注意に過剰適応してみせるつもりだった。古賀が怒っているのは感じたが、それが言われた通りの応対の結果なのである。そして、彼女を朝から執拗に叱責したその社員こそは、小島和久がシアトルから持ち帰り、長い経路でここまで運ばれてきたストレスの直近の感染者であり、結局それは、この女性オペレーターを介して、古賀にも移されようとしているのだった。

古賀は、勝手に気を回した分だけ、余計に彼女の無愛想な返答に憤慨した。その悪いタイミングで、女性店員が座席が空いたことを告げに来た。丁度、二十分経ったところだった。

古賀は、腕時計を見て、もうコーヒーを飲む時間などないことを知った。そして、オペレーターに言うのとも、店員に言うのともつかず、「もういいよ！」と癇癪を起こして電話を切り、小走りでタクシー乗り場に向かった。

7

ルーシーは、浙江省杭州の出身で、京都大学の大学院に留学中の中国人だった。都市環境工学を専攻し、今は修士課程の二年目である。元々の中国名は「羅森」といったが、上海の華東師範大学を卒業後、二年間、ニューヨーク市立大学に留学していて、その時以来、ルーシーという渾名が気に入っていた。

中学生の頃に、父親の仕事の都合で三年間、東京に住んだので、日本語は、言われなければ日本人だと信じてしまうほど達者だった。ただ、子供の頃に身についただけに、却って、自分は微妙に、少し失礼な日本語を喋っているのではないかと、いつも自問していた。実際、今日の午前中のホテルでのアルバイトでも、彼女は、順番待ちをしていた男性客に、よくわからない理由で、叱りつけられたところだった。

丁寧な表現を心がけたつもりだったが、何か気に障っただろうか？　彼女はそのことを、午後になって仕事を終えてからもずっと考えていたが、単に、日本によくいる〝怒鳴るオジサン〟なのかもしれない、という気もした。

古賀は実際、ルーシーが中国人だということには、気づいていなかった。


ルーシーには、免疫があったのだろうか？　彼女も確かに、古賀の態度にストレスを感じていたが、症状は比較的軽かった。なぜそうだったのかは、なかなか、単純ではない。たまたまその日、彼女が人と会う予定がなかったから、ということもあろうし、彼女が留学生だからということも、幾重もの意味で関係していよう。そもそもの性格もあれば、京都という環境もある。

ともかく、事実だけを記すならば、こうだった。

その日の午後、彼女は北大路通を少し上がった賀茂川の川縁で、先日買ったばかりのウクレレの練習をすることにしていた。去年、京都に来てから始めた趣味だったが、十ヶ月独学で練習して、遂に、これまでの合板の初心者モデルではなく、ケリーの単板のウクレレを買ったところだった。八万円の定価を六万四千円にしてくれた。

鴨川も、三条や四条の辺りは、当然に混雑していて、そのオーバー・ツーリズムを嘆く程度には、彼女も既に京都の人間だったが、北上して賀茂川に枝分かれし、植物園の辺りまで来ると、地元の人たちが、のんびり犬の散歩をしたり、昼寝をしたり、ピクニックをしたりしていて、ルーシーは真夏の暑くなる前に、ここでいつか、ウクレレの練習をしたいと思っていた。

桜の季節を終え、まだ梅雨入りには早く、土手は緑の草に蔽われていて、日差しが穏やかだった。風もなく、日曜日なので、家族連れも見かけたが、互いに目が合うような距離でもなかった。護岸の石畳の上に腰を下ろすと、ルーシーは、すぐにはウクレレのケースを開かずに、しばらく川を眺めて過ごした。

月曜日の研究室のことを考え、杭州の家族のことを思い出した。

この日は、水の流れも穏やかだった。そよ風が心地良く、通りの車の音も遠い。京都は高い建物がないので、空が広く、上海よりも町は小さいのに、時の流れがゆったりと大きく感じられる。微かに曇りを帯びて、日差しの角が削られ、肌にやわらかかった。

不意にまた、今朝、怒鳴りつけた男性客のことを考えたが、意外と、もうその顔を曖昧にしか思い浮かべられなかった。ヘンな人だったなと思った。

真っ白な鷺《さぎ》が一羽いて、落差工と呼ばれる川床の段差の下で、じっと流れ落ちてくる川の水を見つめていた。ほとんど、哲学者風の顔つきだった。

何をしているのだろう？

白い水の泡立ちから、まっすぐに伸びた黒い二本の足が、超然とした気高さを感じさせる。

やがて、鷺はすっと喙《くちばし》を伸ばして流水に突っ込み、引き抜くと、何と小魚を銜えていた。ルーシーは、目を瞠った。頭良い！　泳いでいる魚を獲るのは難しかろうが、段差を流れ落ちる際に、一瞬、魚がコントロールを失う刹那を、じっと待っているのだった。そんなことをしている鷺は、その一羽だけだった。

彼女は笑って、携帯を取り出し、次にまた獲物を捕まえるまで、動画を撮影しながら待った。川が流れていて、鷺は魚を待ち、彼女はその鷺を待っていた。そして、見事に二匹目をその黄色い喙で捕まえると、「おー、」と思わず歓声を発し、拍手して笑った。動画はそこで止めたが、彼女の声も、そよ風の音とともに録音されたはずだった。

それから彼女は、ようやくウクレレを取り出し、チューニングをして、『カイマナヒラ』の練習を始めた。部屋に閉じこもって弾くのとは違い、一つ一つの音が、発せられるなり稚魚を放流するように宙に飛び出していった。ハワイには実は、行ったことがなかったが、ウクレレはやはり、外で弾くための楽器なのだろうと、つくづく感じた。……

ルーシーはその後、ウクレレを弾いては休憩し、寝っ転がって空を見上げたり、おやつのマフィンを食べたりしながら、二時間ほどを、そこで一人で過ごした。

確認された限り、この後の一週間で、彼女から誰かへと、ストレスが感染した形跡はなかった。古賀はその後、恐ろしいスーパー・スプレッダーとなって、計五人が彼とのやりとりを通じてストレスを抱え込んだ。そのうちの四経路では、以後もしばらく、市中で感染の拡大が続いた。しかし、ルーシーはアンカーであり、小島和久が、うっかりシアトルから持ち帰ったあのストレスは、流れ流れて、ようやく彼女の中で死滅したのだった。

ルーシーは、だから、さり気なくも、社会を守った英雄である。しかし、彼女はそのことに気づいておらず、周りの誰もそう思っていない。

つまり、彼女は、文学の対象であり、小説の主人公の資格を立派に備えているのである。

初出一覧

富士山　「新潮」二〇二三年一月号
息吹　「新潮」二〇二四年一月号
鏡と自画像　「新潮」二〇二四年六月号
手先が器用　「FIGARO・jp」ウェブプロモーション
ストレス・リレー　「新潮」二〇二一年九月号

Photograph by Yulia SKOGOREVA
"Hagoromo" series 2018

平野啓一郎（ひらの・けいいちろう）

1975年、愛知県生れ、北九州市出身。京都大学法学部卒。1999年、大学在学中に文芸誌「新潮」に投稿した「日蝕」により芥川賞を受賞。以後、一作毎に変化する多彩なスタイルで、数々の作品を発表し、各国で翻訳紹介されている。著書は小説作品として、『日蝕・一月物語』、『葬送』、『高瀬川』、『滴り落ちる時計たちの波紋』、『決壊』（第59回芸術選奨文部科学大臣新人賞）、『ドーン』（第19回Bunkamuraドゥマゴ文学賞）、『かたちだけの愛』、『空白を満たしなさい』、『透明な迷宮』、『マチネの終わりに』（第２回渡辺淳一文学賞）、『ある男』（第70回読売文学賞）、『本心』などがある。評論、エッセイとして、『私とは何か 「個人」から「分人」へ』、『「カッコいい」とは何か』、『死刑について』、『三島由紀夫論』（第22回小林秀雄賞）などがある。

平野啓一郎公式サイト　https://k-hirano.com/
「富士山」特設サイト　https://k-hirano.com/mt.fuji/

平野啓一郎メールレター
https://k-hirano.com/mailletter

平野啓一郎より、月に一度メールレターをお届けします。
平野啓一郎の近況から、新刊・メディア掲載・イベント出演のお知らせまで。
作品の舞台裏もご紹介します。
もっと作品を楽しみたい方、この機会にぜひご登録を！

富士山《ふじさん》

発　行　2024年10月15日
5　刷　2025年4月5日

著　者　平野啓一郎《ひらのけいいちろう》
発行者　佐藤隆信
発行所　株式会社新潮社
〒162-8711　東京都新宿区矢来町71
電話　編集部　03-3266-5411
読者係　03-3266-5111
https://www.shinchosha.co.jp
装　幀　新潮社装幀室
印刷所　大日本印刷株式会社
製本所　加藤製本株式会社

乱丁・落丁本は、ご面倒ですが小社読者係宛お送り下さい。
送料小社負担にてお取替えいたします。
価格はカバーに表示してあります。
ISBN 978-4-10-426011-9 C0093

平野啓一郎の本

新潮社

文庫

日蝕・一月物語

錬金術の秘蹟、金色に輝く両性具有者《アンドロギュノス》、崩れゆく中世キリスト教世界を貫く異界の光……。華麗な筆致と壮大な文学的探求で、芥川賞を当時最年少受賞した衝撃のデビュー作「日蝕」。明治三十年の奈良十津川村。蛇毒を逃れ、運命の女に魅入られた青年詩人の胡蝶の夢の如き一瞬を、典雅な文体で描く「一月物語」。閉塞する現代文学を揺るがした二作品を収録。

文庫

決壊(上・下)

地方都市で平凡に暮らすサラリーマン沢野良介は、東京に住むエリート公務員の兄・崇と、自らの人生への違和感をネットの匿名日記に残していた。一方、いじめに苦しむ中学生・北崎友哉は、殺人の夢想を膨らませている。ある日、忽然と姿を消した良介。無関係だった二つの人生に、何かが起こっている。芸術選奨文部科学大臣新人賞受賞。